トランジット

トランジット

アブドゥラマン・アリ・ワベリ
林俊訳

水声社

フィクションの楽しみ

エミール・オリヴィエを悼んで

わが母と弟のアーメドに
同じくリュシアン・ルーとアゼブ・ルー、
ジャン＝ドミニック・プネルとアリ・クーバに、
友情の印として

祖国よ、私は、このはなはだしい距離の隔たりを
お前に感謝する――ありがとう！
お前のことで頭が一杯になり、
お前に知られることもなくただひとり、私は呟く。
そして、私の夜毎の夢遊の中で、魂そのものは、
私の狂気がとりとめもなく話しているのか、
あるいはお前の諧調がいっそう強さを増しているのか、
もはや判別し得ないだろう……。
――ウラジミール・ナボコフ

プロローグ

我々は、一つの歴史について、それが
ただ一つのものであるかのように伝えることはもはや決してないだろう。
——ジョン・バージャー

バシール

よう、お前（ワリア）、おれはいまパリにいるんだ、すごいだろ、な？　まあ、実際にはまだパリじゃなくて、ロワッシーだ。エアポートの名前だ。二つの名前があるんだ、このエアポートには。ロワッシーともシャルル・ド・ゴールとも言うんだ。ジブチの空港には一つの名前しかない、アンブリってね、おれの行方不明の家族の首をかけて誓ってもいいが、そいつはもっと、もっとチャチだ。ここへの旅だけど、すべてがうまくいった。エール・フランスの食事を丸飲みするように食べた。真っ先に、戦争映画を観た。それから、深い眠りに落ちた。おれは、ボーイング747のいちばん後の席、つまりアフリカに向けて帰る時には警官たちが強制退去処分を受けた外国人をしっかりと結わえ付けておく席だが、そこにストック（ストッケ）されてた、いや、スコッチテープ（スコチエ）で張り付けられてたという方が正確だ。本当の話だ、みんな、こういう風にやるんだ。さっきムーサがそう言ってた。ムーサって、座ってお祈りができるんだ、飛行機の中で、座席から離れないで。マジな話だ。ムーサは旅慣れてるのさ。で、おれのように初めて旅をする者を助けてくれる。彼はいつも静かだ。とても低い声で話すから、まるで扁桃腺が悪いみたいなのさ。じゃ、ちょっとムーサについて行って、荷物を探そう。おれの袋がフランス軍の大きな箱の間に挟まってる。「DA188」のラベル、っていうことは、まさにアンブリのエアポートのすぐ近くの空軍基地に駐留する第一八八航空分遣隊（デタッシュマン・ド・レール）だ。おれは袋を引っ張った。白人のおばさんがひとり、ビリヤードの白い球が空中に飛び出たような眼でおれを見た。おれは動員されて た時に背嚢をそうしていたように、袋をぐっと持ち上げて、それを背中に付けた。右と左を見た。で、ムーサを見つけて、後に付いて行った。警官には間抜けの振りをしろ、とムーサが言った。特にフランス語ができるのを悟らせるな。あまり面倒を起こすな。だから口を閉めとけ。それに、フランス人たちに可哀そうだと思わせるために、泣け。フランスのフランス人たちはあっちの、ジブチのフランス人よりも思いやりがあるからな——これはムーサが言ったんじゃない、おれが自分で学んだことだ。経験を貯めこんだんだ。というわけで、ロワッシーは危険だから、おれは何も言わない。話しかねない、それがアフリカ人たちの悩みの種だ。おれはまた右と左を見た、大きなムーサの後について行った。口を閉じることだ。こういう風に頭を揺すって、ハイかイイエを言う、それで十分だろう？ 口を閉じる、頭を揺する、あるいは哀れみを誘うために泣く。それがすべて。終止符（ピリオド）。おれはムーサについて行くためにちょっと前に行く。ああ、おれは、おれの本当の名前、バシール・アソウエを捨てた。もうここ六カ月前から、ビン・ラディンという名前だ、この名前を聞いたムーサは、プラスチックのコップに注いだコーヒーを飲もうとして、むせた。ここではその名前を二度と口にするんじゃないぞ、彼がおれに言った。でないと、フランス人、イギリス人、アメリカ人、それに我々のためにN

ＧＯにカネを出しながら口出しはしないありがたいノルウェー人にも、敵愾心を生んでしまうぞ。おれはこの名前が好きだ。が、ビン・ラディンと言うと、みんなはおれのことを、ジブチのアメリカ大使館の有刺鉄線とサンドバッグの前で断固として阻止された本物のカミカゼだと思って、パニックに襲われ、生きた心地がしない。ビン・ラディンは、以前はどうだったか知らないけど、非常な男前だ。黒い筋の混ざった茂みのような白いひげ、おれたちみたいな遊牧民のグレーのラクダじゃなくて一頭の白馬、それに、なんといっても、肩にかかるカラシニコフ。美しいよ、彼のひげは。そうはいっても、彼は預言者じゃない、というのは、本物の預言者は写真には写らない。ジブチでは、至るところで、「ビン・ラディン、万歳！」と叫べと言われていた、だからおれも彼の名前を知ってるんだ。それからすぐに、その万歳を止めろ、と言われた、さもないと、ガボデの刑務所だ、ママンたちでも、おじちゃんたちでも、子供たちでも、誰でもだ。これはまだ機密だ。おれは何も言ってないだろ？ジブチにさようなら、おれたちはいまロワッシーにいるんだ、口から出まかせを言わないように、うんと注意しなくちゃな。

ロワッシー・エアポート。カイロおよびジブチを経由してレユニオン島のあサン＝ドゥニに行くエール・フランスの定期便。オーバーブッキングをしてこれ以上の乗客は無理になった航空会社は、たとえばエール・アフリックのようなほかの航空会社に乗客の一部を移す。それを了承すれば、移乗志願者たちは千フランを上限に、払い戻しを受けることができる。オーケーしますか？　オーケー！同意したのは間違ってはいない。が、雰囲気の変化あり。乗客の列はそこでは一〇倍も長い。旅行カバンの山。膨大な人の群れ。チューインガムをクチャクチャ噛む者たち。私は、カバとかいう、サヘル地方のマフィアのような風采の男に見覚えがあった。彼は、そのかさばる袋で列を乱しながら、私の気を引いて手助けをさせようとする。強制退去処分を受けたアフリカ人のいつもの搭乗風景。およそ一〇人ほどが、この「みずからの意志で同意した」国外追放の予定者である。三人の男が窮屈なトイレの中に追いやられ、閉じ込められ、ぎゅうぎゅう詰めにされるだろう。《Technicien》の文字が背に付いた鮮やかな黄のベストを着たひとりの男が、航空・国境警察（ポリス・ド・レール・エ・デ・フロンティエール）の三人の警官とともにトイレの扉にグレーの分厚いスコッチテープを貼り、その閉じ込めの作業を少なくとも眼では追っていなかった乗客たちをここに入らせないようにするだろう。同じような光景が、ほかのアフリカ行きの便でもほとんど毎日のように繰り返されるのだから妙なものだ。その度ごとに、追放される不幸な者たちは、拷問に処せられるクジラの叫びで、一般の乗客たち——多くの場合は旅行者だが——の良心を何とか目覚めさせようとした。本日の引き揚げ者はコンゴ人である。ポアント＝ノワール〔コンゴ人民共和国第一の港湾都市〕の小売商人らしいが、彼の運命はどうやら封印されようとしているらしい。しばらくすると、エアバスの中の乗客たちの間にたちまち、不機嫌、嫌悪感が生じ、広がってゆき、ついでそれが吐き気にまで達する。で、乗客たちのこの極度の動揺を考慮して、機長は激しく交渉するのだが、やがて戦う気力もうせて相手に従うしかなくなる、だが、このトラブルメーカーは機外に出され、それから空港のターミナルビル内に設けられている拘留のための小部屋に戻される。少なくとも、彼は生きてはいるのだから、アリゾナの砂漠で脱水状態になって、あるいは最初にやって来た貨物便の着陸装置の中で凍って、死んでゆく者たちよりは運がいい。

いまでは愛しい妻のアリスは亡く、ただひとりの息子アブド＝ジュリアンも亡く、精神的に我々に付き添ってくれていた父のアワレも亡く、私はただひとりだ。学生時代に、ビジネスでの旅のさいに、あるいはもっと頻繁にブルターニュを訪ねるさいに通り過ぎていたロワッシー・エアポートの細長い通路で途方に暮れて。私にはフランスに、清算しなくてはならない古い〈記憶の借り〉がある。我々は、移住者というものは、彼らの冒険譚の果てに新しい土地にやって来る時には裸だと思っている。が、移住者たちは彼らの個人的な物語に満ちており、いわゆる集団共有の物語を身に付けているものなのだ。

この非常に狭くなった地球の至るところを、移動する民衆が駆け巡っている。スポーツ競技の国際大会から帰国するアフリカのチームの一員が、一個人として、毎週のように、フランクフルト、アテネ、あるいはグラスゴーで、政治亡命を求めているくらいだ。輝かしい日の出、幸せな季節、弾ける光があり、それらは、ああ、やがて水と泥に変わってゆく。幸せ、おや、おや！　それらすべてが私にめまいを起こさせる。差し当たり、私は少し休みたい。ここには、砂漠に似た沈黙があり、時間が空転する。何もすることはない、物思いに耽り、昨今の出来事に思いを巡らし、日の目を見るかどうか解らない計画を練り、さまざまな強迫観念を繰り返し想起する以外には。お前は刑務所に残っている者たちを忘れるわけにはいかないんだぞ、なぜ後ろめたさもなく歩きまわれるんだ、と囁くあの小声はもちろんのこと。私は心は祖国に残して来た、私は自分の身だけに意を注ぐつもりだ。そのためには、誰か親切な人間を見付けて、亡命の申請を手助けしてもらい、あの嫌な〈難民・無国籍者保護センター〉（オフィス・ド・プロテクシオン・デ・レフュジエ・エ・アパトリッド）、亡命を希望する個々人にとっての開けゴマである官僚機構の迷路の中で途方に暮れることがないようにしなくては。私は長く、いつの日かはわからないが、私もまた近いうちにみんなと同じように死ぬことになるのだろうと考えることに慣れ切っていたし、その思いを変えるのはいまではないだろう。だが、私は、一刻も早く、心身の平安を取り戻したい。絶えず病的で突飛な考えが駆け巡る私の脳をうまく飼い慣らしたい、あの嘲笑うような低い声に蝋燭消しをかましたい、ばらばらになった私という存在の諸々の断片を集め、貼り直したい。一言で言えば、一刻も早く、私の新しいアイデンティティに慣れたいのだ。脳裏にしっかりと刻み込まれた思い出がある。私は、恐らく四歳か五歳だったに違いない、おどおどしたその目つきを非常に鮮やかに思い出す。ある日、私は、叔母と一緒に、我々の街の大通りで軍のパトロール隊とすれ違った。まさに裂けようとする蛹のように、その問いかけがひとりでにやって来た。

——あのひとたち、だれなの？

——フランス人、この植民地を支配してる人たちよ。

——でも、どうしてここにいるの？

——私たちより強いからね。

もう二〇年以上も前、わが国は、マフムード・ハルビ〔植民地時代のジブチにおける抵抗運動の指導者のひとり、不可解な飛行機事故で死亡。一九一九頃—一九六〇〕が考案した国旗にくるまり、世界の仲間入りをはたした。私は若く、溌剌として、頑強でもあった。大したというか、いずれにしてもあの時期には大したものだった卒業証書を持って、それにフランスでの学生時代に知り合った若く、魅力的で、意地っ張りの妻を伴って、その三年前に国に帰っていた。ジブチは、一九七七年に、最後に残った植民地という大いなる孤独から抜け出した。わが国はその国旗（青、緑、白と、赤い星）にくるまれて、世界の仲間入りをはたした、私も、やっと三〇歳になるかならないかの働き盛りだった。

1　バシール・ビン・ラディン

おれは昨日生まれた、こういう風に「昨日」って言うのは、要するに、ずっと前に生まれたわけじゃないって言いたいんだ、それに、あのひよっこの国の尺度から見ても、そんなにそんなにおいぼれてはいない。あの国とおれは同じ歳だ、だから、おれを信じて欲しい、おれが至るところで何でもかんでも、探るようにじろじろ見たりしても、こぎれいに着飾った結構な犬と同じように男や動物を、女のあれと同じように自然をじろじろ見たりしても。石や花を見たりしてもな。やれやれ、おれは、ちょっとムーサを見失って、本当に怖かった。勇気を出してひとりで話す、あちこち見まわす、でも何も解らない……。ロワッシーに、白人たちの天国にいるんだ、心を落ち着けて職業軍人らしく行動しなくちゃ。諸々の声と運命のどさくさの中で、おれは至るところを探るように見て、眼の前に現れるすべてのものに名前を付ける。おれはひとのにおいを嗅ぐのがすごく好きだ。まあ、あのこぎれいで耳の長く垂れた犬のように、ひとのにおいを嗅がなくちゃ。みんなは、こういう場合、不運や愚にも付かないことや、自分がハドック船長〔ベルギーの漫画家エルジェの漫画『タンタンの冒険』の作中人物。主人公タンタンのよき理解者で、ムーランサール城の城主。大酒のみで、パイプを肌身はなさない海の男〕にでもなったつもりのちゃちなげす野郎を避ける。おれはその弱腰、味がしなくなったチューインガムの不味さが大嫌いだ。おれは何も怖くない、外国人でさえ怖くない（いや、ちょっと待て、外国人といったら、いまじゃおれたちのことだ、まわりはみな、現地人なんだからな）。これはおれが街という学校で学んだこと、というのも、本当の学校はずっと、ずっと程度が低いからな。おれはダメルジョーグという小さな村で生まれた。そのあと、おれたちはパパの仕事のために大都会にやって来た。パパはいつもこんな風で、いつも港湾労働者だった。で、おれはといえば、おれはすぐに街に出て、そこにあるものをよーく、よーく見て、学ぼうとした。学校はおれの得意ではなかった。が、もちろん、みんなと同じように、ＣＭ２〔初等教育課程中級。日本でいえば小学校卒業レベル〕までは終えた、おれたちのところでは、学校はまさにピラミッド組織なんだ。運がいい場合には、もっとましな修了証書を手に入れることができるだろう、さもなければ、おれと同じで、街に出るということになる。ＣＭ２を終えた時、おれは「就労適格（ヴィ・アクティヴ）」と言われた（これはおれたちのところではＶＡと言うんだ。で、何の仕事をするんだ？　ＶＡで。こんなちゃちな資格で？）。というわけで、わが地区の人間はみんなＶＡだ。ＶＡをとってから、おれはその街で何でもした。自分で何とかやりくりして、生活して行くためだ。解らないことを教えてもらおうと思っても、パパもママンも、もういない。おれにはあまり運がない、おれはまったくのひとりだ、それぞれの家族がその家族だけでサッカー・チームを作ったり、〈スター・トレック〉のように、惑星にまっすぐに救助部隊を送り込んだりすることができる国にいるのに、おれには弟も妹もいない。

最近まで、我々のところでは内戦があった、内戦はここしばらくはストップしてる、というのも、大国どもがこう言ってるからだ——直ちに戦争を止めるんだ、さもないと外国からの財政援助はないぞ。大統領が誰よりも先に同意した。ちょっと脇にそれるが、もしおれが大統領なら、もちろんおれは名前を変えるだろう。あのケニアの大統領のように、モイという名前にするだろう。モイ、それって、おれが知ってる大統領の名前の中でいちばん美しい名前だ。モイ、それってシンプルできれいだ、そう思わないか？　で、余談は終わり。というわけで、戦争を続けたがっていた大臣たちはそれぞれの部署から追放された。大統領は、反政府派の最大グループと和平の調印をした。この反政府派のことを「フルッド1」（Frud 1）と言っている。いま戦争から二年が経って、「フルッド4」まである（「統一と民主主義の再建のための戦線」（Front pour la Restauration de l'Unité et de la Démocratie）——人民宮殿前の大きな張り紙にはそう書かれていた）。「再建」、それはその通りだ、フランスの正しいフランス語でそう言われている。が、あとの三つのものに関しては、政治屋たちは、食らいつき、むさぼり、丸飲みし、息を詰まらせることを止めない。港のコンテナのようなその太鼓腹を一杯に満たすことを。おれがこんな風に「港」というのも、それが対岸にあるからだ。それを知ってる者たちなら、ビン・ラディン、そりゃ嘘だ、嘘つきだ、とは言わないだろう。戦争のあとは、万事休す——毎日、そう叫んでたのは軍曹のフゥメッドだ。我々は動員解除になった。お望みなら、すぐにお帰りになって結構です。戦争は終わりました。我々、動員解除になった者は、四万ジブチ・フラン、前線からのバイバイ、火薬、喉の渇きを貰った。で、おれは、親戚や部族の連中にたくさん、たくさん分けてやった。立って歩くようになってからずっと失業者だった親戚の者たちは、おれのカネで宴を催す。一週間の放埒な暮らし、カート〔ニシキギ科の常緑低木で、葉にマリファナよりも弱い幻覚誘発物質がある〕、娘たち、それに、ハイクラスぶって毎回ひとりの娘ごとにタクシーに乗ってたから、一日に使ったのが二千フランだ。おれは、いつもアメリカのジーンズを履いて、持って帰った太いベルトを締めていた。誰もがみんな、軍隊から何かを持ち帰っていた。まあ、いずれにしても戦争は終わったんだ。アヤンレは軍隊の分厚い靴だ、それをいつも履いていた。アイディッド、やつは特殊部隊のヘルメットをかぶってぶらついていた。やつはライフルを隠しもっていたんだが、それをある嫉妬深い亭主に、その男の愛人のナヤという肌を白くした女のまわりをうろつく輩の心臓をぶち抜きたいんだと言われて、売ってやったらしい。彼女の愛は強いんだ、まるで愛の火山だ、って彼女のお気に入りは言う。ああ、軍隊はむちゃくちゃなモンスターだった。こんちくしょう！　みんなは、ワダッグ族のやつらを殺し、やつらの娘にねじ込み、ムーサ・アリの井戸にまで毒を入れた、お前は知らないだろうけど。ムーサ・アリというのは国境のことだ。その向こうはエリトリアだ、我々の大統領はいまエリトリアを挑発しているようだけど、そんなことしちゃいけない、というのは、エリトリアは戦争ではジダンよりも強い。あれはブラジルのロナウドだ。ワダッグ族のやつらより山ほどヤバいメンギスツのエチオピア人たちをこけにしたんだからな。エチオピア人といえば、やつらは中国人、日本人、インド人、などなどに次いでヤバい。そういうわけで、ワダッグ族は直ちに和平を望んだ。それは当然のことだ、やつらはみな、死のうなんて思ってたわけじゃなかったんだからな。フルッド1、フルッド2、フルッド3、フルッド4、みんな、同じようなものだ。愚の骨頂だ、まったく。これから我々は、そのフルッドを、お笑い草に、いつも効果的だったわけじゃないイラクのミサイルにちなんで、「スカッド」〔旧ソビエトが開発したR－11弾道ミサイルと、その改良型の地対地ミサイルの名前。このミサイルを各国が独自に改良して使用していた〕と呼ぶことにしよう。「再建」ってのは解る、それは悪くない。でも、民主主義、あれは飯盒の何もかもを貪り食おうとする政治屋たちの駄弁だ。戦争のあとは何週間か、誓約も監視もなく自由に振る舞えた。みんな、やりたいことをやっていた。レストランで払いもせずに食べたり、アラブ人やインド人の卸し商からガメたり、我々のような現地人の小さな店からもガメたり。蝿を丸飲みするカメレオンの速さで商品を奪ったり。ランボ（Rambo）広場で野菜やカートを売るママンたちからだって。おれが「ランボ広場で」と言うと、妙なものだ、それがランボー（Rimbaud）というちゃんとしたフランス語になってる、だろ？　それっておれに、学校での暗誦を思い出させるんだ、「アラクレールフォンテネエ、ムノノンプロメネ、ジェトゥルヴェロシクレール、ケジェミスィベイエ」（Alaclairefontainéé, menononpromené, jaistrouvélosiclaire, quéjémisuisbaiyé.）〔この詩、“A la claire fontaine”（澄んだ泉で）は、一五世紀ごろに書かれた作者不詳の詩を起源とし、時のジョングルールつまり吟遊詩人たちによって歌われることによりフランスの伝統的な民謡となった。正しく綴れば、“A la claire fontaine / M'en allant promener / J'ai trouvé l'eau si belle / Que je m'y suis baigné.”（澄んだ泉で、ぼくは、散歩をし、とてもきれいな水を見つけ、そこで水浴びをした）となる〕とかね。戦争のあとはみんな、やりたいことは何でもやった。みんな、気晴らしに街で人をこん棒で殴ったり、アラブ人やインド人の店を荒らして機器を略奪したりした。夜も昼も娘たちにねじ込んでいた。政府は何も言わなかった。状況はまだ混沌としているが、間もなくいつもの流れに戻るだろう、早起きのハイエナつまり内務相がＲＴＤでそう言っていた。ＲＴＤといってもお前はまだ解らないだろう？　それはジブチ・ラジオ・テレビ放送局（ラディオ・テレディフュジオン・ド・ジブチ）のことだ、官邸のとなりの建物に金色の大文字でそう書いてある。哀れにもクーデタに失敗した阿呆将軍がいたんだが、いやはや、その将軍は以前から自分のスタッフのすべてをRTDに結集させていた。クーデタを信じていたなんて、要するに、テレビ、ラジオ、RTDだけの話だろうに。で、ロヤラ型の戦車……それがどんなだったか、おれはもう忘れたが……要するに大統領の戦車が、シェイク＝オスマンの軍駐屯地から進軍して、アンブリを渡った。その戦車の列は港湾道路に通じる円形交差点を回った。それから、アリバ地区の背後、そのすぐ脇にある阿呆将軍の基地を通り過ぎた。まっすぐにRTDにやって来た。バン、バン、バンと迫撃砲が一四回炸裂し、クーデタの首謀者たちは彼らのママンのうしろで悲鳴を上げ始めた。タイルの床に一二名の死者。混乱の扇動者は政府の蝿を一匹も落とすことなく、即の即に逮捕された。阿呆将軍は逃げて、ヘロンの丘にあるフランス海軍の基地に隠れた。大統領は即の即に、彼の隠れ家つまりシェイク＝オスマンの軍駐屯地にあって阿呆将軍には力の及ばなかった場所から出て来た。大統領は再び部隊を結集させた。おれは大統領が強く、強く声を張り上げたのに喝采した。彼らはすべて、二時間後にはテレビに出ていた。そこには、早起きのハイエナ、満腹したハイエナ、息むハイエナ、歯のないライオン、などがいた。彼らはまだ恐怖で震えていた。カラーテレビの画面の中で、彼らの顔に汗が吹き出ているのが見えた。それから、大統領は、以前に一緒に「再建」に努めていた時には本当の、本当の友だった阿呆将軍を連れ戻すために、外務大臣とともに出かけて行った。彼らは、「所有する（アヴォワール）」という動詞を一緒に活用させることはできたが、「である（エートル）」という動詞についてはそうではなかった。お前は、フランス人たちが、大統領の懇請（ルケット）を前にして、それに外務大臣の大そう豪勢なフランス語の話しぶりを受けて、どうしたと思う？　おれは「懇請」といった、それは間違いない、うちの隣で店を出しているサミレの家の白黒のテレビでも、そう言っていた。フランス人たちは言った——我々としては直ちにあなたがたに将軍（ただ、彼らはおれ、つまりビン・ラディンのように、「阿呆」という形容詞は付け加えなかった）を引き渡しましょう、あなたがたが、わが国におけると同様に、人権というものを尊重してくださるのであれば、ですが。将軍は口を開く前であっても、みずからが選択する弁護士に伴われる権利がある。公平な裁判をうける権利がある。阿呆将軍を引き渡す前に、青、白、赤の花柄のシャツを着た大使は執拗に言った。大統領は、非常に喜び、阿呆将軍を牢にぶち込んだ。こんちくしょう！　で、将軍は、ガボデのぞっとするような刑務所の中で、元部下の中尉たちとまた一緒になった。げす野郎、彼は、彼自身が牢にぶち込んだエチオピアのちゃちな盗人たちともまた会うことになった、おれは「ちゃちな」と言うよ、というのも、大物たちは相変わらず駆けずり回り、いまでは大統領夫人と一緒になって「再建」の仕事に精を出しているからだ。この話で最も不幸なのは哀れな兵隊たちだ、街ではそう言われている。おれはそうは思わない。この哀れな兵隊たちは阿呆将軍（général（将軍）とは言っても、大文字のGには値しないが）のお気に入りで、やつらはガソリンの配給券を転売したり、難民の食べ物の袋を横領したり、みんなの携帯を盗んだり、娘にねじ込んだりで、やりたい放題やっていた——やつらの地区の娘でさえ、やつらの前では下痢を催していた。それに、「哀れな兵隊たち」と言うのは簡単だ。だが、やつらはみんな、伍長、少尉、中尉だ。その任務において、おれたちのように動員されたわけじゃない。ひとり、大佐までいた、その名前は、もう「忘却して（オブリテレ）」——おれは、まあ、まともな話し方のときにはフランス語の凝った言葉を使ってみたいんだ——しまったけれども。ジブチの市（まち）のやつらは猫かぶりの偽善者だ。この市は、住民すべてが部族の縁者なのだと述べるのを怠っている、おれは、同じ縁者、同じ叔母、同じ叔父なんだと言いたいんだ。だから、もし明日にでも大統領が阿呆将軍をお払い箱にしたら、市は、いや、それは公正ではないとか、あれやこれや言うだろう。おれはお前に言いたいんだけど、市はみずから何をしたいのか解ってない。ある日、市は大統領に強く喝采を送る、特に船がキャッシュを積んで入港した時には（そう、我々はキャッシュ〔liquide. フランス語のこの単語には、「現金」のほかに、「飲みもの」の意味もある〕と言うが、これは非常に正確でさえある）。が、翌日になると、市は言うんだ——野党を支持する、とね。我々のところの勇敢で活動的な反対派、以前は新聞記者で軍人でもあった野党のペレは、信じてほしいんだけど、この市にはもううんざりしてるんだ。彼は、おれつまりビン・ラディン同様に、このロワッシーで壁伝いに歩いているほかのすべての者たち同様に、あるいはフランス人の妻とどら息子を亡くした知識人のムッシュー同様に、フランスに向けて旅立つ方がいいだろう。大統領だって、いつか食べるものがなくなれば、旅立って行くだろう。「再建」は終わりだ。あの男は、国を始動させることができない古い空のバッテリーのようなものだ。そんなわけで、みんなのサラリーはもう一〇カ月も遅れている。港には一艘の船もない。レユニオン、モーリシャス、マダガスカル、うわっ、暑っちい、暑っちい、とわめく白人観光客たちを乗せて着陸する飛行機の尾翼も今やない。このおめでたい者たちは、ジブチに一息つきにやって来るのさ！　さて、ここでおれはお前に、校長のジャマ氏が、第六地区の小学校で我々に暗誦させていた詩をご披露しよう。おれは、ジブチではまさにあそこに住んでいたんだ。おれの仲間のアヤンレだった、うんと年下の弟の持ち物の中にこの詩を見付けたのは。ジャマ氏はおかしな先生だった。彼は、一〇年間だったか、生徒のみんなに同じ詩を教えていた。おれはそのすべてが理解できているとは思わないけど、でも、たいしたことじゃない。これを、イエメンのロバのように荷を背負って戻って来たムーサに見せよう（ロバがロバをこするって、我々のところでは淫らな諺だ）。イエメン人たちは商売には強い。彼らは、カートのない日の男のように陰気なインド人に次ぐ商売の旗頭だ。ほら、ムーサが詩を読むよ。〔後出、九七―九八頁も参照〕

ジブチはとてもあつく、きんぞくのようで、
たえがたくて、なさけもないので、
みんなはトタンのヤシのきをうえた、
ほかのきだとすぐにかれてしまうので。

さばくのかぜにきしむおと、
くずてつのしたにすわっていると、
やすりのくずがおちてきて、

やがてあなたはおおわれる。

でも、つきがあなたにみかたする、
あなたはきしゃのようにとどろくヤシのきのしたで、
あなたをはるかかなたにつれていく、
たびをいくつもそうぞうできるのだから。

まあ、たしかに詩というものはいい、でも、それがすべてだとは限らない。すこし、おれの人生でも話そう。おれは即座に何かを言うことができるんだ。おれは決してパパに顔を叩かれたことはなかった。パパは、港湾労働者の仕事にすごく、すごく壊されて、あまり長生きはできなかったんだ、で、ママンの腹から出て来たばかりの小羊のようにおとなしかった。パパは、こうして、死ぬ前にはむだに血尿を出していた。おれ？　おれはいつも走ってる。赤ん坊の時からもうびしびし、びしびし走ってた。サッカーのような、おれたちの年頃の遊びも好きだった。いまはもう、サッカーの試合はあまりない。市は難しい時期に差しかかってる、パパが生きてたらたぶん、これらすべての問題がなぜ起きて、どんな風になるか、教えてくれただろう。内戦を闘った元兵士たち、身体障害者たち、傷痍軍人たちが、昨日、もう何カ月も払われていないわずかな年金を要求して、大統領官邸（年長の者たちは「植民地総督府（ベイト・エル・ワリ）」と呼んでいた、アラビア語だが）の前でデモ行進をした。官憲はどうしたと思う？　彼らは、歩行の困難な群衆に向けて実弾を放ったんだ。官邸に通じる大通りには、多数の遺体がころがり、負傷者もいた。誰も指を動かさなかった。群衆は怯えた雛鶏のように逃げた。みんなはどうにかこうにか負傷者の手当てをして、低木の静かな林の中に死者を埋葬した。まさにその同じ夜、この市は、規則的に詰まるトイレのフラッシュのように、大統領の際限ない演説に拍手をしていた。みんなは、噂にほのかに酔い、「ほほう、本当かね、そういうことなら、今度は復讐だろう、ほう、よし」と言っていた、彼らの痛みを考えることもなく。我々の腹が、増す水音、石の上を滑る急流のような音をたてた。まるで我々が昆虫や蟻でさえ嫌悪する苦いマンゴーの実をがつがつと食んだかのように。

2　アブド＝ジュリアン

子供のころ、ぼくは、毎日、真っ裸で歩きまわっていた。突き出た臍が、微笑ましいちっちゃな太陽——夜は甘草色で、午後は赤銅色をした太陽のように、ぼくの眼を捉えていた。ママンはぼくにすべてを捧げていた。ぼくは、彼女の最初の太陽だったし、今に至るまで彼女のたった一つの太陽だ。ママンは、問いを投げかけてくる人たちに、この国もまた彼女のものだと繰り返していた。愛のために荷を解くことになったのがここなの、と彼女は言っていた。ここは五つ星ならぬ五つラクダのホテル、と彼女はみずからのたとえの可笑しさをあまり意識することもなく繰り返していた。すべてが私のもの、その火山の円形の頂きも、骨と皮ばかりの動物も、腹をすかせた雌ラクダの痛々しくかしぐ姿も、郵便切手になっている水性植物相も、有名なギニ・コマ（フランス人はこれを悪魔の島とも呼ぶ〔ここには一八五二年から一九四六年まで、政治犯を始めとする重犯罪者用の監獄があり、生きて帰れることは稀だった。一八九五年から九九年まで収監されていたアルフレッド・ドレフュス大尉が有名〕）のような無人の島々も。私のからだは、この国の塩の匂いがする。私は、この山脈の間の窪み、傷ついた女性の性器のような。みんなには、彼女が地理の教科書を読んでいるように思えたかも知れない。そう、すべてが私のもの。

その塩の湖、無毛の尖峰、アッサル湖の気まぐれな空、一時代前の小さな林、カルストの高原、グランバラ砂漠とプチバラ砂漠、いずれもおよそ二千メートルのところでピークに達する山々の頂き。塩辛い水とその並はずれた塩分濃度。湾の透明な心臓部、波のエンバトルド形の孤独。永遠に不可侵の世界。これが、地球の地殻の上で流刑に耐えて生きる旅人の木、竪琴椰子にならって大気を撹拌する私の国。延々と息も切れ切れに駆け続ける私の国。悲しくも美しい私の国、雨の日曜日の朝のブルターニュの村のカフェのオイルクロスのように。パパとぼく、ぼくらは弾けるように笑っていた。彼女は情にもろく、また頑固だ。と、突然、彼女は教科とテキストを変える。地理から歴史へと移行する。アフリカ史における私の国の歴史、ですって？　ページ下部のしがない注記にかろうじて書かれるかどうか。二万七千平方キロメートルの憎しみと窮乏、砂漠（エルグ）とアカシアの私の国。彼女は、子ヤギのように夢中になり、制御が効かなくなる。選択する、ですって？　あなたは、私たちが自分の運命を選べるとでも思ってるの？　そんなくだらないことを信じているのはおばかさんか、ナイーヴすぎる人たちだけ。私が、帆には風を、眼には光を、子宮にはひとりの子供を、腰の窪みには一つの黒い性器を望んでいたのは確かよ、そのほかに何があるかしら。胸一杯に息を吸い込んでの最もたいせつな誓いは、貞節でも、清貧でも、従順でもない。養鶏ではないのだから。でも、私は、レンヌの大学街で痩せすぎな学生たちに出会う前に、やがてはジブチに行くことになるだろうと、黒葡萄が壁に棚のように這うわが家を決定的に去ることになるだろうと、知っていただろうか？　選択する、ですって？　笑わせるじゃない。私は、ベル・ボトムのパンツとアフロ・ヘアの妙な外国人たちの間に、何をしに行ったのだろう？　恐らく自尊心から、私たちはいつも自分は違うと思い込み、ありきたりの境遇から逃れようとする。こうして、青春の終わりを速める。私はここで何をしているのだろう？　私は、運命によって、私よりも強力な何かによって、軽率なスイマーが潮の流れにひきずりこまれるように、吸い込まれるがままになった。どうして私は、この常軌を逸した国に乗り込むことになったのだろう、ブルターニュの幼稚な一女学生に過ぎなかった私が？　運命が打ち勝ち、私は真っ逆さまにそこに潜り込んだ――いやはや、長距離切符を一枚、買ってしまった感じ。彼らはどうしたらいいのか解らないように見えた、私もそう、でも彼らほどではなかった。彼らは親切でもの静かで、それに悪意がないように思えた。私もそうだった、と彼らはあとになって私に言った。私は、彼らについて、彼らの国について、彼らの言葉あるいは文化について、何も知らない。私は二〇歳を越えていて、思春期は過ぎていた。私の前には人生があった。人生って変え得るんだ――いまでは地質学上の一時代とほとんど同じくらい遠くなってしまったあの時代に、私たちは言っていたものだった。それから、すぐに、すべてが速まり、すべてがはっきりとして来た。いや、彼らと多少なりとも頻繁に会うようになって私の心に浮かんだのは、「恋心」という言葉ではない、まず「興味」という言葉だった。彼らは、まるで徒党でも組んでいるかのように、いつもグループになっていた。彼らは、深夜にテレビで放映される記録映画の中の蟻のように、みんなが一緒になって群れているといってもいいような、そんな感じだった。この密集した集団は初めはすごく妙だった。それから、私は、彼らの群居的な反応に、グループでしか動き出さない遊牧民的な性情に、非常にしばしば内側に秘められている彼らの苦しみに慣れた。彼らは笑い、絶えず冗談を言った、冗談については彼らは強い、ちょっとやそっとでは見出し難いジョーカーだ。私は、誰かと、そしてみんなと笑いあいながら、誰とも仲良くなっていた。誰も私をひっかける勇気を持っていなかったので、あなたのお父さんと一対一になって、感情の高まりでぞくぞくし、彼といわゆる官能的な喜びをともにするまでにずいぶんと時間がかかった。彼は、ある日の午後、私と映画に行くために、グループを離れざるをえないのを申し訳なさそうにしていた。で、私も、アルタバン〔一七世紀の作家、ゴティエ・ド・ラ・カルプルネードの小説『クレオパートル』に登場する人物〕のように気位を高くして、彼を束縛しないようにしていた。だから、彼は、私と約束していながら、間際になって、インターアフリカのサッカーの試合を忘れていたと言って、キャンセルすることもあった。国別にチームを編成し、フィールドで激しく戦うのが流行っていた。アフリカ統一機構の閣僚会議よりはましだろう、敏捷なミッドフィルダーで陽気な男、トーゴ人のデュドネ〔フランス在住のコミック芸人〕が、そう冗談を言っていた。デュドネ、デュドネ・グナマンクー、そんな名前って本当にあるのか〔「デュドネ」(Dieudonné)の「デュ」(Dieu)は「神」の意、「ドネ」(donné)は「与える」(donner)の過去分詞〕――つねに変わらずグラウンドでは怒りっぽいが思いやりがあり、ジェシー・オウエンス〔アメリカの陸上競技選手、一九三六年のベルリン・オリンピックで一〇〇メートル等、四冠を達成したことで有名〕よりも足の速いあるモロッコ人サッカー選手が、そう言い放っていた。ああ、でも、あなたのお父さんは、なぜ、あんなどうでもいいような試合に私を連れて行ったのかしら。彼とは、言葉や微笑みやウインクで、細かいところまで互いに完全に理解しあっていた。彼とセックスすることも、コップの水を飲むように簡単だったはず。でも、それについてだけど、わが霧のブルターニュは私にまだその準備をさせていなかった。彼と一緒にいると、私はいつも、カイエン・

ペッパーの中でコトコトと煮えているようだった。それについていまよく考えてみると、私は、始まりも終わりもない物語の海の中に浮かんでいたのだと思う。私はその意味がよく解ってる。もし遠くへ、ほかのずっと遠くの場所へ旅立つことが苦にならなかったとしたら、それは、ホームシックとそのコピーとしてのメランコリーが私にはまったく無縁だったということ。ブルターニュについて、懐かしく思うことは何もない、クレープ・シュクレあるいは蜂蜜入りのクレープ・フランベ・オ・シュシャンも、澄んだ空も、モン＝サン＝ミシェルの雨風も、サン＝ピエール＝ド＝キブロンでのヴァカンスも（そうしたものは、父からみれば陸に属していたが、母からみれば海のものだった。だから、トロール漁船、港湾労働者の砂浜、深海釣り、丸太の埠頭、ゴエレット船や海藻、カラベル船やタラ漁船、グンカン鳥、ミズナキ鳥、ペリカン、ジペック船とスクーナー、フランス海軍、曇った空、アゾレス諸島の高気圧、ガスコーニュ湾岸の水、ウェサン島やロスコフの港町、エクス島やオレロン島、フィニステール県の海岸や遠く離れたホーン岬でさえも、家族の話題の一部になっていた）、バグパイプ奏者や大酒飲みたちの陽気な往来を伴った夏の間のロリアンあるいはモルレでの騒がしいフォークロアも。私の記憶とは何の関係もない、このかさばるトーテムは。私は、失われた時を求めてはいない、マドレーヌも、ちょっとした黄色い壁面も。それに、いまあなたに話しておくけど、ブルターニュ音楽は私を最高にいらつかせるだけ。催眠にでもかかっていないと、その思い出は手繰れない。あれは感化されやすいだけ、伝染性のもの。これがすべて。終止符（ピリオド）。

悲劇的な死を迎える少し前、ママンはぼくに、私はティーン・エイジャーの頃は少し目立つ鉤鼻——生身のからだが生涯にわたり背負わせるあのちょっとした不恰好の一つ——だったと言った。それで、彼女はコンプレックスを持ち、家族の者たちもあれこれとちょっかいを出したのではないかと思う。彼女の家族は、彼女の鼻を直すことに決めていた。彼女は恐怖に、死ぬという恐怖に、もう再び眼が覚めないのではないかという恐怖に、麻酔医の腕のなかで永遠に眠り続けるのではないかという恐怖に、震えていた。両足が綿のようにグニャグニャになり、もはや立っていられなかった。夏の少し前に手術の予定が決まり、その期日が近づいていた。みんなは、彼女をできる限り安心させようと、ちょっとしたわがままは何でも叶えてやっていた。彼女の恐怖もまた増していた。が、奇跡が起こる。その奇跡は、ブルターニュの最も優れた美容整形外科医、リュシアン・ルーセル医師のクリニックからやって来た。彼が、彼女のパニックに最終的にけりをつけた。手術の三日前、彼は自殺した。

ママンがエクス＝アン＝プロヴァンスの国立海外領土文書館から研究のために持ち帰った諸々の歴史書、論文あるいは新聞の切り抜きの中には、数多くの侮蔑的な言葉遣いや呼び方、すでに忘却ないしは歴史的破門の収蔵庫に収められている人類学者たちや別の非常識な摩擦学者たちの机上の空論が存在する。パパだったら付け加えるだろう、植民地のロビー団体の毒牙と決して無縁ではなかったあの熱帯地理学派については言うまでもない。もううんざりだ、風土に打ちのめされ、砂漠の風になびくはかないアカシアに嫌われ、技術的には何もなく、歴史的には無意味で、感染症（パンデミック）の大流行に脅かされ、眠り病に朦朧とさせられ、裸にされ、急増する人口にお手上げの、この哀れな人々、などとこの派から言われるのには（言っておくけど、ぼくが学者ぶって話しているのを聞いたら、あなた、顔に牧人の杖の一撃でもくらったほうが良いわよ、ママンはそう言うだろう）。恵み深いフランスのミルク（杖に対するまっとうなお返し）で育てられ、驚嘆と無垢にもてあそばれる人々がつねに問題なのだ。当時の諸々の新聞の論説の中では、やつらを改宗させるか搾取するか、教育するか骨抜きにするか、発展させるか押し潰すか、といった極端な選択のリスクがまき散らされていた。「こんな獣はすべて皆殺しにしろ」――真実の言葉の語り手、コンラッドの向かいに座っていた男がわめき立てた。三二歳の若い船乗りだったコンラッドは、一八九〇年に、コンゴ川を遡るベルギーの蒸気船を指揮する機会に恵まれた。『闇の奥』は彼の船員日誌の小説版以外のものではなく、クルツ〔ポーランド生まれのイギリスの小説家ジョゼフ・コンラッド（一八五七―一九二四）の代表作『闇の奥』（一九〇二）の主人公〕は、ベルギーのレオポルド良王の所有地の中で、黄金、象牙、木材を搾取するための、その時代のやり方をそのまま実行したにすぎない。ぼくはあなたに、ぼくの直観や読書の道筋をすすんで提供しました。感じるところがあれば、そのコースを一周するのはあなたです。必要なら、あなたが本を選択するのを助けましょう。が、ぼくはそこにとどまるつもりはありません。

ママンの眼は青、パパの眼は黒、ぼくの眼は栗色だ。ママンは魅力そのもの――パパはそれについてはもう話さない。ぼくの眼？ 栗色で明るい、ママンはいつもそう付け加える。ムーミナ（Moumina）（これをメモナ（Mémona）と、半ばブルターニュ産のわが滑稽な母は発音する）はわが家で働いている娘、ご存じの通り横長の瞳の猫の眼と同じようなグレーの眼、二つの鳩のような胸、というよりも空に向かって聳える二つの尖頭アーチのようなものがあり、鷲鼻で、ハニーカラーの長い脚を持っている。ほら、彼女はそのお茶目な態度でぼくを見始める、それは、彼女が口もとのたるみを直したということ、従ってその微笑み、つまり誘惑する女たちの楽園には欠かせないアクセサリーをリセットしたということだ。ムーミナの顔立ちには、挽いて粉にしたいような、捏ねてみたいような女性的なふくよかさのすべてがある。ムーミナ、彼女は、そこにぼくのささやかな生を重ねたいと夢見させるような人間粘土なのだ。彼女は、ぼくが食べたくなった時には、いつでも台所で食べさせてくれる。ママンには、そのことはまだすぐには知られたくない。ぼくらは、残りものの御馳走をたらふく食べるんだ。いずれにしても、台所であれこれと指図するのはムーミナだ。ぼくはその方が良いと思う。彼女に台所ができるといったとしても、それは秘密を漏らしたことにはならない――ムーミナは、数多くのまた遠縁の子供たちの世話を買って出たかつての大統領夫人が経営する孤児院で成長した。子供がいなかったので、大統領夫妻は、要求が多くまた金遣いの荒い近親の家族たちからカネを絞り取られていた。そんな時、週末ごとに彼らとお祭り騒ぎをする準備をして、月桂樹を手に感情のこもった言葉で感謝の気持ちをハミングする大勢の孤児たち、それ以上に彼らにとって心の支えとなるものがあっただろうか？

3　バシール・ビン・ラディン

自分をこの地球で最もウォンテッドされているビン・ラディンと名乗るのは、ちょっとやりすぎだろうか？　ビン・ラディン、彼は富める者たちの最も偉大なばらし屋だ。立派なひげつきの大きな顔、それは世界に最も馴染んでる。彼は当然、五千万ドルに値する。それに比べれば、我々の新大統領、あれは老いたラクダのションベンだろう。アメリカのカウボーイ大統領のブッシュは、生死を問わず、ビン・ラディンを捕らえようとしてるんだ。だけどサウジアラビアのお大尽たち、それから彼らの血縁中の血縁、ビン・ラディンの正真正銘の家族である彼の父親や母親でさえ、アメリカ人たちの並はずれた復讐を食らうのが怖くて偽り、彼を知らないと言う。ビン・ラディン、彼はすごい。おれは、まあ、ビン・ラディンの人形にすぎない。マドンナ人形やマイケル・ジャクソン人形、そのほかのスモールサイズになったものと同じだ。おれは、ビン・ラディンのような立派なひげも大きな顔も持ってない、が、言っておくが、おれは意地が悪いし、情け容赦もしない。おれは人間を殺した、敵のワダッグ族や、敵ではないほかの者たちも。家もぶっ壊した。娘にねじ込んだし、店から略奪もした。

モスク〔イスラム教の寺院〕の中に糞までした、まあ、それは大きな声で言うようなことじゃない、ただグデングデンに酔ってたからだが。おれは何でもやった。そんなことは、一丁のカラシニコフ、ウジ〔IMI社の短機関銃〕でもいいが、それと一緒に横になって夢を見て、貪るように食ってる時には、簡単なことだ。ウジ、それは突撃用のライフルだ、言っとくが、イスラエル製だ、マジに。イスラエル人は、戦いではマジに強い。アフリカ諸国の元首たちは、コンドームがエイズから守ってくれるように、イスラエルのボディガードたちがクーデタから守ってくれるってことで、イスラエルのボディガードたちをあまりにも、あまりにも好きだ。おれは前線では、マールボロをこういう風にボイン、ボインって感じで口に加えて、自分の影よりも速く進撃する男だった。「スナイパー」ってアメリカ人は言うんだが、それはユスフのところで映画で観た。ユスフは家で映画をやってるんだ。「スナイパー対ボスニア人」、それがタイトルだ。ボスニア人はイスラム教徒だとよく言われるが、おれはそうは思わない、というのは、やつらは白人の顔をしてるからな。要するに、殺す、敵を殲滅する、やつらの心臓を食らう、それはオーケーだ。誰がオーケーするのか？　なぜ？　そりゃ、おれには関係ない。おれは任務を遂行するだけだ、司令官が、あのちょっと厄介な反政府派を殺れと言えば、恐怖も呵責もなく殺るんだ、司令官には従わなくちゃならない。軍隊ってのはそういうもんだ。我々の司令官にも、従わなくちゃならない司令官がいる。北部戦線での司令官中の司令官は、「気違いムラー」〔「ムラー」はイスラム圏で碩学を意味する尊称〕と呼ばれている。彼は昼間からウィスキーを飲み、夜もウィスキーを飲む。ウィスキーを飲んでいない時は、ＡＫ－４７の銃身でビールを開け、大急ぎで、大声で命令を出してる。おれは、彼の名前について色々と尋ねてみたが、なぜそう言われているのか解らない。もしかすると、おまえはその名前、階級、服装、愛人の香水、等々を知ってるかもしれない。おれはそれについては口を慎む、というのは、まだはっきりしないからだ。たぶん、近いうちに解ると思う。

前線では、軍の戦闘服をきていない者がたくさんいた。それはおれのようにすぐに、すぐに徴募された動員兵だ。何歳だ、お前、そこの小さいの？ 一八歳です、おれはひどい嘘をついた。どこから来たんだ？ ジブチの第六地区です。お前はマガラ〔植民地時代の現地人の村、のちに拡張されて町になる〕の若者か、よし、こっちだ。グラウンドへ集合。諸君は明日、ヨボキに向けて出発する。匍匐前進（ランペ）。おれは何をするのかさえ知らなかった。それで募集係の前に立ったままだった。お前、耳でも悪いのか、進め（シルキュレ）ってんだ。進む、それはおれでも解った。一時間後には、おれは、新しい仲間のアヤンレ、ワリア、アイディッド、ハイサマ、等々と一緒に軍のトラックの中にいた。アイディッド、あれは本当の名前じゃない。アイディッドって言えば、アメリカ兵たちを殺ったソマリアの将軍だ。アイディッド、彼は戦闘の名手だ、戦争のプラティニだ。アメリカ人は、いかにあのアイディッドがすごいかを証明するために、本物の映画〔『ブラックホーク・ダウン』（リドリー・スコット監督、二〇〇一年）のことか〕まで作ったんだぜ。アイディッド、彼の頭も値が張る。一千万ドルだ。それに比べれば、我々の新大統領は、噛まれに噛まれたチューインガムのように味がしない。いや、おれは、アイディッド、やつは大した殺し屋で、それに反政府派の味方じゃない、我々の大統領の友だ、と言いたい。要するに、我々の教練将校や、目下のところガボデ刑務所在住の阿呆将軍のような間抜けじゃない。オエッ！ よし、おれはすぐに、以下のことを確認しておこう、そう、軍ではみんなが現地人だとは限らない、ソマリア人の仲間がたくさんいるんだ。メンギスツの軍隊のメンバーもいる、とりわけ反政府派にだ。本当の外国人さえいる、ガーロ、要するに白人だ。ポーランド人、レバノン人、アルバニア人、チェコスロバキア人、等々。彼らはすべて、正しいフランス語で言えば、「メルスネール」〔かねが目当ての者〕だ。しかし、それは軍事機密だ。おれは、オボックの大きな戦闘で大して重要でもない我々の大統領を支援したひとりの本物の将軍を知っている。彼はサクサルディッドと言う、おれは正真正銘の真実を語っているんだから信じてもらいたい。サクサルディッド、彼はシアド・バーレとともにソマリア軍の二番目のリーダーだった。シアド、彼は本当の残虐非道の輩だ。酷い！　彼は戦争を止めた我々の大統領よりもっと悪い。彼は、老いて死ぬのはかわいそうだと、幼い子供たちをがつがつ食べた。ハイレ・セラシエ〔エチオピア帝国の最後の皇帝。一八九二―一九七五〕、彼は、子供たちの肉と新鮮な血をとても、とても好きだった妻、メネム王妃とともに、シアド・バーレ以上の子供の大量消費者だった。それから、停戦になって、おれは動員解除になった。よかないさ！　カラシニコフがなければ、至るところに転がってる貴重品もかき集められない。こんなの、ありがたくも何ともない。そんな市民生活なんて、そんなの不幸だ、もう他人にすごめないからな。可愛い娘、彼女たちからはきっぱりとボイコットされる。ブスたれでも、前を通ったら顔をそむけやがる。永遠の失業者たちは、あれ、新しい失業者だなんて、大声で言ってやがる——以前だったら、バーンと腹へのドタ靴の一撃、野郎、これでも胃に入れてやがれってことになってたのに。ちゃちなネズミでさえ、からかいやがる。ジブチの市のやつらだって言うのさ、コンゴの歌手みたいに——戦争、そりゃダメだ、よかない。おれはそうは思わない。おれは、戦争って、あまりにもよすぎる、って言ってるんだ。

ママンなら、ぼくについて、パパについて、彼女自身について、地球のすべてについて話しながら、私たちはみな混血であり、〈流浪(ノマド)〉ということ以外に私たちのアイデンティティはないわと言っただろう。この混血の話は非常に古い話で、一つだけ例をあげれば、イタリア半島へのアフリカ移民の初期の足跡はカルタゴの征服と没落の時代にまで遡れるほどに古い、と彼女は声を高めて言うだろう。もっとあとでは、貴族の館における黒人奴隷の存在、つまりベロネーゼやジャンバチスタ・ティエポロの絵画の中に見出される有名な「モリ・ネラ」の存在を指摘し得る。これらすべてが、レンヌ生まれのフランス人女性、混血に惹かれて、ぼくがこの世に生まれる前、すなわち二〇年近く前にジブチにやって来たママンそのものだ。ぼくは自分の存在を、あの、キャンパスに熱狂を呼び起こした学生たちの夕べに負っている。外国人の学生たちはそこで何時間かは、孤独を、目標への手懸りの欠如を、落ち込みを、からだがばらばらになりそうな感情を忘れる。地元のネイティヴの学生たちはそこで何時間かは、値の張らない冒険を、異国情緒を、大音響で演じられる音楽のローリングの中にどこかほかの場所にいる感じを、香水と汗が混ざり合ったような臭いが齎すめまいを見出す。ザイールのルンバが最高潮に盛り上がっていた。ジェームス・ブラウン、マヌ・ディバンゴ、ミリアム・マケバがみんなを煽り立てた。そのあとでは、「ロック・アラウンド・ザ・クロック」が、頭をビールのポップの中に漬けた者たちを目覚めさせた。プラターズの「オンリー・ユー」が欲望機械を再びシャンとさせた。明け方には、最もしぶとい学生たちが、ラスプーチンも真っ青の血中アルコール濃度で部屋まで千鳥のように歩いていた。「ちょっと飲んだり踊ったりしたからって、別にねじ込めなくなるわけじゃあるまいし」、猫を猫と呼ぶことができると自負する、ぼくの両親の友人のひとりがはっきりと言った。

プルースト氏の小説の、あの解きほぐし難い文章のように髪を互いに巻きつけたぼくの母は、皮膚の敏感な外国人たちを参らせる日射も、ほこりまみれの街も恐れない。子供のころ、ぼくは愛というミルクと読書で育てられた。大人たちの大言壮語はぼくの心を通過していった（悪漢もの、英雄もの、とてつもない波乱万丈もの、ドキドキもの、舞台装置が大仰なもの……）。が、そのストーリーは非常に長い間、ぼくとともにあった。ぼくは近いうちに、あなたにあのブルターニュの冒険家の話をしよう、その小説によれば、釣り竿を片手にして生まれ、ベーリング海峡でクジラを狩り、熱帯地方で本物のボルドー・ワインを売り、マレーシアのワニの牙から救いだした並はずれて美しい雌のトラ、素晴らしいペットでもあるルイッソンというトラの助けを得て、ふてぶてしい海賊たちに戦いを挑んだあの冒険家の話を。ぼくはまだその挿話のそれぞれを覚えている。もう一つ、ほかの物語を挙げてみて、ですって？　アレクサンドル・デュマ、ウジェーヌ・シュー、ジュール・ヴェルヌ、シェヘラザード、それにチャールズ・ディケンズの白ひげの間で迷ってしまうな。アーネスト・ヘミングウェイと一緒にセレンゲティ〔タンザニアの国立公園〕でサイを狩る旅に出て、長髪の王子たちの国でマハラジャ〔インドの王侯の尊称〕になり、アラビアのロレンスの例に倣って知恵の七柱の間を蛇行し、ピーター・パンのあとをたどり、尊者ティエルノ・ボカールの指導の下でドゴン族の宇宙発生論とフラニ族の詩のあいだで知恵のブーケを得る準備が、あなたにはできてますか？　またいつか、アンリ・ド・モンフレッド氏の生涯をできるだけ詳細にお話ししましょう、ママンは、新しい国に滞在するようになった最初のころ、彼をとても好きだったのです。あなたは、ぼくがあたかも怪獣であるかのように、きゃしゃなボディラインの内側に恥ずべき欠陥を隠しているかのようにお思いなのでしょう。でも、そうじゃない、ただ年齢の割には少しクレバーで、読書を積んだだけ。そういうことは時々起こるらしく、ある統計学者は何の証明もせずに、一二七分の一という数字を挙げている。一二七人の子供のうちの一人は、平均よりも相当に優れた知能に恵まれているらしい――彼はいったいどこからこんなことを仕入れてきたのだろう？　しかし、この小さな数字には、常識の範囲内にいる大多数の人たちを安心させるという効果はあるのだろう。

5　バシール・ビン・ラディン

戦争は生活にはいい、きちんと平穏に生計を立ててゆくには、と言いたいんだ。死者は何名？　いったいどうして？　決して繰り返してはならない？　そんな空疎な議論は飛ばそう。前線では、軍のモラルはそんなんじゃない。まず、我々の司令官たちは、守銭奴のインド人のところにあるシェラトンのカジノからまっすぐにやって来るような、正真正銘の間抜けどもだ。司令官たちはなるほど、「再建」の専門家かもしれない、でも戦闘では、やつらは付点のゼロ、不合格だ。やつらがゴールを前にしてやたらドジるから、敵はすぐに我々のペナルティエリアをガタガタにし、我々は立ったままノックアウトだ。もっと悪いことに、木曜ごとにオフサイドを取りやがって出てこない。やつらは言う――いや、作戦命令を受け取りに首都まで行くんだ。やつらはアリバイ作りのためにそう言う。が、実際には、シェラトンかトネルのナイトクラブで、娘たちの股ぐらで遊んでるんだ。金曜日になると、やつらは湯立って味がしなくなったチューインガムのように疲れて戻って来て、試合には出ない。話はしないし、爆睡してる。で、スカッド――「フルッド」のことだ、「スカッド」と呼ぶことにしようって、前に話しただろ——のやつらはそのことをすぐに理解した、というのは、やつらは司令官たちの動きを監視するために市中にスパイを放ってたんだ。スカッドは、もう何世代にもわたって怒り狂ってる狂人だ。で、やつらは攻撃して来る、飢えたハイエナみたいにかぶりつく。やつらが優位に立ち、我々はといえば、いつも後退だ。ところで、戦闘というのはとても単純だ、まるでサッカーだ。こっちが下がれば、敵はセンターやサイドから攻めて来る。ひどい完敗を食らう。あの内戦時代の前半に起こったことはそういうことだ。スカッドは何点も取った。我々は、いくつかの市に閉じ込められていた。タジュラ、オボック、ヨボキでは、我々はじりじりと後退していた。おずおずと小規模な攻撃でも仕掛けようものなら、それっ、やつらは並じゃない戦闘態勢を整えていた。見ろ、見てくれ、彼らは住民を人質にしている——スカッドの代弁者がイエメンとパリで大声で叫んだ。挿入句の始まり——消え失せやがれ、キンタマがあるんならジブチに帰ってこい、お前の地区、アムバラのワダッグ地区を爆撃してやるからな、この移民のルンペン野郎！——挿入句終わり、ありがとう。ということで、我々は、ボールをタッチラインに蹴り出しながらディフェンスをしていた。我々は、市の周りすべてに有刺鉄線を張り、対人用地雷を敷設した。昼間は我々が指揮官だった。夜になるとやつらがボス（これって英語かな？）だった。前半はこんな風に続いた。本当に可笑しかったのは、ジブチ市で、大統領と有力政治屋たちが、スカッドは地元の人間ではない、と言った時だ。やつらはエチオピアとエリトリアの山師だ。このことで、我々は陣地で大いにはしゃいだ、そりゃそうでしょう、我々は密かに言ったものだ——おい、大統領、恥ずかしくないのかよう、よう、よう、大口を叩くんじゃねえよ！　みんなは密かにそう言っていた。彼つまり老大統領はまったく愚にもつかぬことを言っていた。山師だの、復讐の鬼だの、奇術師だの、彼はまったく野卑な、野卑な言葉を口にした。我々はそれを、アイディッドのラジオで、ＲＦＩ〔「ラジオ・フランス・アンテルナシオナル」の略称。フランスの海外向け国際放送〕のアンテナ（ＲＦＩはホラを吹きすぎる、「ワールド・ラジオ」なんて自称してるが、誰もそう思っていなかった）で聴いた。軍曹のフゥメッド、彼はそのターザンのような声で言った――はやくラジオを消してくれ。軍曹はとまどっていた、やつは、一方では国軍の一大隊を指揮していたが、もう一方ではワダッグ族であり、また心中では多少なりとも反政府派を支持していたのだから。しかしやつは良いリーダーであり、正直者だった。ただ、注意してほしいのは、事態はそれよりももっと複雑で、すべてのワダッグ族が反政府派だとは限らないということだ。例えばアイディッド、やつの母親は、やつの言ってることがちんぷんかんぷんにしか解らないとしても、ワダッグだ。ハイサマ、やつの父親はワダッグだ。ハイサマ（これは正真正銘のワダッグの名前だが）、やつはお国言葉を片言で話す、それは戦闘の時には助かるかも。だから、大統領にはもう少しまともなことを言ってもらいたいんだ、政府の半分はワダッグ族なんだから。旧大統領のときの首相にして新大統領、つまりずっと、ずっと前から馬に乗っているあの輩も、ワダッグだ。彼は、おれが最初の戦闘をしたヨボキ地方の出身だ。あの最初の間抜けじゃなく、本物の教練将校から三カ月のトレーニングを受けたのもあそこだ。どうやって並足で歩くか、どうやって有刺鉄線の下をはって進むか、どうやって武器を操作するか、どうやって待ち伏せるか、どうやって複雑な周波数の機密通信をキャッチするか（だから、おれは軍事機密を知ってるのさ）、厄介なレッドカードを食らう前にどうやって逃げるか、等々、を学んだのもあそこだ。で、本題に戻ろう。ああ、おれは言ってたんだ――ワダッグであろうがなかろうが、それは問題じゃない。言っておくが、すべては政治だ。首都の多くの地区で、アンゲラ、アンブリ、第一地区、第二地区、第四地区、高原地区等々で、ワダッグ族、ワラル族、アラブ人たちが、多くのインド人たちや一風変わった白人たち、それから我々の娘と結婚した白人たちと、混住しているのを目の当たりにする。それに、ディキル地方では、ワダッグ族とほかの者たちとの関係はフィフティ・フィフティだ（これって英語かな、おれ、ちょっとだけ、ちょっとだけ話せるんだ）。あとで話すが、アメリカ大使館の前で働いていた時に覚えたんだ。おれは英語が話せる、それだけのことだ、オーケー？　おれは言ってたんだ――ワダッグ族、諸々の部族、そういったものすべて、それは問題じゃない。問題は、闇取引、買収、それに政治だ。要するに、「再建」だ。おれが死んだママンの腹の中にいた時、みんなは言ってた――なるほど、そうかい、ワダッグ族か、ありゃ意地が悪すぎる。白人の最高責任者のあとを継いだ政府評議会議長のアリ・アレフ（彼は「共和国高等弁務官」と呼ばれてた。おれは、「共和国」つまり「レピュブリック」ってのはジブチにある大通りの名前だと思ってたけど）だが、彼はワダッグ族で、独立のために働いたワラル族をすべて殺した。戦闘的な活動家とみなされたすべての若者たちが、素早く、当然の報いとして、腹に弾丸を食らった。翌朝、プリジュニック〔チェーン展開しているスーパーマーケット〕の近くの元のマングローブの川道に、彼らの裸の死体がころがってたんだ。植民地肯定論者の支配下にある古い政治屋たちは下院で、うーん、よか、よか、なんてやってた。そんなこんなで、アリ・アレフとその派閥は文民政府で、ワラル族のリーダーたちは反政府派というわけだ（全部じゃないけど！）。火に油を注がないようにしよう、とおれは言う。この種の長談義は止めなくては。すべては昔の話だ。我々としては、そんなことはどうでもいいんだ。いずれにしても我々はまだ生まれてなかった、ママンの腹の中で動きまわりながら外にでる順番を待ち続けてたんだ。お前、ママンの腹の中にいた時に外で起こったことを覚えてるか？　ほら、そういうことなんだ。

6　アブド＝ジュリアン

ぼくはぼくの詮索癖のことを意に介してはいない。ドアがわずかにでも開くと、一匹の小さなネズミのように、ぼくはパパのアムステルダメールのカラメルの香りが漂う書斎に急いで入り込み、書類や新聞の切り抜きを漁る。古い『ル・レヴェイユ』の数冊、『ラ・ナシオン』の最近の号、政府系の週刊紙、秘密の方法でパパのところに届くスカッドのコミュニケ類、断固とした反体制派の『ランサンブル』、それから、パリから友人たちによって送られてくるまったく新しい、ジブチとその周辺諸国をカバーする隔月刊の地域紙『レ・ヌーヴェル・デュ・プント』が、床の上に直に積み重なっている。これでは物置きも同然だ。君の書架にあるものを言ってくれ、そうすれば私は君が誰か言いってあげよう——もっとも、この名言をはいたのが誰だったかもう覚えてはいない。まあ、いいや、飛ばそう。ぼくは新聞を広げ、何時間も何時間も目を通す。そのせいで、近隣の友人たちとの、その中にはパパの同僚のゲレ・ヘルシの家族もいたが、ティーン・エイジャー的な笑いや遊びに深刻な打撃を被った。そんなことはどうでもいい。ぼくは、走行記録計で言えば一五歳になるかならないかのところにいて、まだあなたにぼくが耳にした妙な話を語り終えていない。ぼくは、ひとたび新聞を読み終わると、しばらくその場にとどまり、漠然とした思いに耽る。精神が高揚し、あらゆる束縛が取り除かれるのはまさにその時だ。精神は、渦巻き、妄想し、陶酔するまでに掻き立てられる。それは、豊かな幻想だけが離陸する空母であり、世界の縮図のような巨大な雲の鳥だ。しばしばぼくは、空想の曲がりくねった謎めいた道をたどって、新聞に繰り返し出現する幾つかの名前と、いまなお通りで読むことのできるごくわずかの標識の名前や大人の話の中にふと現れる名前とを、うまく結び付けられるようになった。ぼくは、一つの物語、ここかしこで耳に挿む歴史の一断片を、またとない音楽、一度だけしか与えられない楽譜として取り扱うことを拒否する。ぼくは、いまでは、アブバケル・アレフもしくはフメッド・ディーニが、一五〇年以上前に、ナポレオン皇帝との間の協定に調印するために旅立って行った最初の名士たちの中にいたことを知っている（が、誰がぼくと、このとらえどころがなく特異な存在とともに、そのことを確信できるというのか？——パパならそう言っただろう）。ぼくはまた、わが祖父が唯一つのレコードを繰り返しかけて聴いていたことも知っている。が、それは何て素晴らしいレコードだったろう——「アンタ・ウムリ」を堂々と歌い切るオム・カルスーム〔東洋の明星とうたわれたアラブの歌手。一九七五年没〕だ、六〇分間の純然たる幸せ。ぼくは、両親がよく行くメネリック広場のスエズ銀行（一部の者たちは一族の成功で安楽にやってるんだ、なんて、父なら、やはり言ったかもしれない）が、ぼくを何週間もうっとりとさせたあの話、論争好き、駆け引き、媚びのおかげで同じ名前の運河を拓いたフランス人、フェルディナン・ド・レセップスのオデュッセイア的遍歴と何か関係があることにも気付いた。とはいうものの、ぼくは、昨日もまだジブチ広場でいまの当局者たちにあれほど刃向かっていた熱血漢の弁護士もまた、ナポレオン（この名前は、ターザンのサバンナ、アラジンの魔法のランプ、あるいは『ジャングル・ブック』の魔力のような架空の領土に消えて行くアニメのヒーローのように響く）とのお茶に招待されたパシャの後裔だということを知っていただろうか？　ぼくのヒーローはと言えば、ピーター・パンとドン・キホーテだ。祖父は、一九一九年だったと思うけど、イギリス人への反乱の先頭に立って国を解放に導き、アレクサンドリアの真ん中に大騎馬像が建てられているエジプト人、サード・ザグルールに感服していた。ぼくは、諸々の言語、歴史的レファレンス、文化、つい最近のまだホットな噂、昔の思い出の間を何の苦もなく航海する、当然だろう、ぼくは国境なき愛から生まれており、二つの世界の掛け橋なのだから。でも、言っておくけど、ぼくは、単に物思いに耽ってばかりいるような人間ではない、ぼくは、まずぼくの家族にであるのは確かだが、隣人にも、人間一般にも深い関心を抱いている。というわけで、ムーミナに向けて繰り返されるぼくのウインク、ああ！　いつか彼女に、「おお、愛しの君（ヤー・ハビビ）」とオム・カルスームの崇高なシャンソンの一節のようなことを言ってみたいし、彼女のたて髪をものにもしたい。彼女はイヴ（あるいはハワ）であり、ぼくはアダム（あるいはアデン）だ。一緒になって、ぼくらはアダムとイヴの新しい世界を作る、そこでは生はすべての者に寛大で、それぞれの瞬間は祝祭のようなものになるだろう。ぼくは、隣人であり仲間であるカヘンやクシャンが作文を書くのをぼくがそれとなく手伝っているということを話したりなんかしない。青味がかった空に雲がたくさんある時には、ママンが良く聴くシャンソンの最初の言葉がすぐにぼくの心に蘇って来る。それは、「神はハバナの愛煙家」というフレーズで始まり、もやの中に消えて行く、必然的に。どう考えても、ママンは彼女のブルターニュの風雨を懐かしんでいるはずだ、ぼくは何も言わないけど。すぐに、自分をジャニス・ジョプリンだと勘違いしているママンのこらえ切れない笑いが蘇って来る。

内戦時代の前半は長く、長く続いた。それぞれがみずからの陣地にとどまり、攻撃は稀だった。戦闘は引き分けだった、本物の公正な審判がいるわけではなかったが。というのも、この件の審判っていえば、フランスなんだからな。パリの青年、ポール・ジドゥーが、パリとジブチの間を、ボーイング７４７が疲労困憊するほどに行き来していた。ポール・ジドゥー、彼は結果として調停能力ゼロだ。政府は糾弾する――そうさ、きみは反政府派を支援したいんだろう、フランスは我々の「永遠の敵」（「永遠の敵」、それはスカッドの新しい指揮官であり、大統領の不倶戴天の敵であり、元首相であり、元代議士、元看護士だ――「永遠の敵」、それはいつも元何々だ）の親友だからな。一方、反政府派も糾弾する――そう、フランスってやつは、政府の不正（マヌーヴル）（これはフランス語として非常に正確だ、軍事用語〔フランス語の〈manœuvres〉には、「演習」の意味もある〕だ）を支えてやがるんだ。で、ポール・ジドゥーは大声で叫んだ――そう、私もこのワダッグとワラルの旧領土にはうんざりだ、もう、ニースに帰る（ニースはフランスでも美しい地方だ）。それからずっと、ずっとあとになって、我々はＲＦＩで、ポール・ジドゥー氏が、あのルワンダだったと思うが、フツ族とツチ族の間の和平を取り持つために出かけて行ったことを知った。結果的に、最初の内戦時代の前半は依然として続いた。それは三歳の子供の年齢であり、容易くはなかった。で、互いが新たに公正な審判を見つけようと考えた。「永遠の敵」の方は、サレ（いや、ジブチのマラソン選手のアーメド・サレではない、彼は、走らせたら強すぎる。今、話しているのはイエメンの大統領のサレだ〔日本語では、マラソン選手は「サ（ー）ラ」、イエメン大統領の方は「サ（ー）レハ」という表記も行われている〕）のところに、彼が公正で善良な審判になれるかどうかを尋ねてみようと出かけて行った。サレは言った——それは内政干渉になる、自分もエリトリアやあの容赦も何もないひげ男たちと大きな問題を抱えてるんだ（哀れなサレ、彼はおれが六カ月前からビン・ラディンと名乗っていることを知らない、これは軍事上のトップ・シークレットだ。ビン・ラディンの本当の祖国、それはホモノ（ソドミット）・アラビア——サウジ（サウディット）・アラビアさん、ゴメン——ではない、イエメンの山だ。リッチになり、インテリになる前、ビン・ラディンは、イエメンの百姓だった）。まあ、あれやこれやで、イエメンのサレはとうとう、国連、アフリカ統一機構、アラブ連盟に行くとはっきり言った——お前は善良で公正な審判が見つかったと思うだろうな。だから戦争はひとりでに終わるだろう。政府と「永遠の敵」との対話は相変わらず漠然と、漠然と、とりとめがない。我々、動員兵は幸せだった。武器があったし、やりたいことはなんでもやる権利があった。その上、相変わらず、手強い戦闘はなかった。それが現状維持（スタチュ・クオ）（これも、軍事用語だ）だ。試合は引き分け。が、数多くの死者がでた、とりわけ反政府派、密かに反政府派を助けた民間人に。ちょっとまて、ふざけないでくれ、我々のところにも死者がいるんだ、とりわけ、おれやアイディッド、ワリア、アヤンレ、ハイサマのような古株じゃない、ろくに経験もつんでない若い動員兵たちのなかにだ。たくさんの若い動員兵が（なぜおれが若い動員兵と言うか、彼らがみんな若かったからだ、違うか?)、胃の中に一杯、弾丸をむさぼり食った。それが戦争だ、だけど、ママンたちのように泣きすぎちゃいけない。脚の間に本物の硬いものを持つ男というものは、決して気弱な女のようには泣かない。これ以上、言うことはない。葡萄前進だ。

8 アブド＝ジュリアン

ぼくは、死者は死んでいるのではなく、まさに別の惑星で彼らのささやかな暮らしを続けているんだと思う。夜の風が気がかりな死神の鎌とともにやってくる時、ひとりの縁者があなたのもとを去って行く。彼は死なない、だから、すべてが何もかもなくなるとは限らない。いや、彼は見えなくなるだけだ。神よ、墓の中にひとりでいるというのは寒い、彼は呟く。そういうわけで、古い時代から現れ出て、親方のような顔をして、優しくまた威圧的な、八五歳で亡くなったあの祖母は、おやおや、月の枯れ川の上を、腰の二重の痛みに邪魔されながら、威厳に満ちた足取りで大股に歩んでいる。彼女は、鳥の飛ぶのを見て未来を読むことができた、彼女はことあるごとに、星々や月を観察するために顔を上げていた。そう、彼女は、年老いた人々、発育不良のアカシア、未処理のままにあるいはミニチュアのままに置かれた自然界、骨ばったラクダ、筋のような毛をした猫、虚弱な体質のサボテンによって占められているこの月面のような大地に自分の姿を重ねていた。そこには、生は豊富にはなく、それは雲間の空のようなものだが、それでも平和が常時みなぎり、人々は虚栄心と破壊のエネルギーを失った。それぞれの人間がヒューマニティの証人だ。もっとも、誰もぼくの知らないところで、ぼくつまりアブド＝ジュリアンが外人部隊の鬼のような門番に殺された祖父の生まれ変わりだとひそひそ話をしたりはしないけど。祖父はしばしばぼくを訪ねて来る。あそこ、彼がいるあの国では、誰ももはや子供を「子供」と呼ぶことはなく、「小さな足を持つ者」と言う、人々は月に加えて、もう一つ別のレファレンスである太陽を仲間として暮らしていて、地球は忘却の淵に追いやられている。そこには、丸く白い小石がたくさんあるんだ、ぼくがママンの国での最後の夏のヴァカンスの時に何日かすごした、ディエップとエトルタの間のアラバスターの海岸の浜辺のように。いくつもの火山の円丘を逆立てて、月の大地は、どこからともなく生じる砂風にほとんど邪魔されることもなく、永遠の大いなる眠りの中に浸り切っているようだ。太陽の仲間たちは、地球の者たちを生まれさせ、死なせ、彼らの側に再び生まれさせ、あれこれと取り繕ってやり、満足の行く定住の範囲内を巡るようにさせたあとで、彼らの良心とともに安らかに眠っている。彼らは、永遠に彼らを飲み込む大きな激しい流れ次第である。祖父アワレのような月の者と言えば、彼らは一匹の野良猫のように容易に、彼らの新たな存在にぴったりと調和する。風に煽られて舞う木の葉のようなものであり、彼らの地平線はその重力を失い、跡も終点もなく、その翼に沿って揺れ動く。慎ましく、ゆっくりとあることを好み、去年の知恵を大切にする。彼らは、永遠に、我々のこの惨めなエンクロージャーを離れた。この役に立たない石の国の絶えざる地震の下でかろうじて暮らすということももはやない。それらすべてについて、ぼくは、祖父から聞いてよく知っている、彼がぼくを不意に訪ねてくる際に語ってくれたこと

なのだから。経験は、背中に付けられた角灯で、我々がすでに歩き終えた道を照らすことしかしない

——彼は、ぼくがある難しい質問をした時にそう言った。妙なことに、彼はこのごろ、丸みを帯びた柔和な顔をしている、硬い頬骨も筋肉の張りもない。まるで月のような顔だ。

9　バシール・ビン・ラディン

　このことで、おれは本当に頭に来てるんだ。間抜けじゃ、ダメだ。さもないと、この世はまったくのお笑い草じゃないか？　反政府派はもうほとんどジブチ近郊にまで迫ってる、我々はこの山の中に閉じ込められたらしい。やつらはあそこの人間、全員を始末するつもりなんだろう。スカッドの陣地を攻撃する命令はいつ下されるのか？　大統領は、何もかも、故郷も、祖国も、国民も、もうどうでもいいのだろう。大統領は、すごく、すごく、すごく年寄りだ。で、いまはハガだという理由で（ハガ、これはジブチの夏のことだ、太陽は頭上で溶けた鉛になり、道路のアスファルトでさえ、ママン、ママン、おれ、かなり溶けちゃった、と大声を上げる）、大統領個人が持つ城館で休んだあと、パリのホテルでヴァカンスを取ろうと出かけてしまった。ハガ、これは、あまりにも手強い。リーダーたち（この言葉は、以前は英語だった。が、いまはもうよく解らない）は誰もが、パリ、スイス、ワシントン（以上、お偉いさんたち向き）、アジス、カイロ、イエメン（雑魚向き——これは料理用語かも、動員される前は白人のところのコック見習いだったアヤンレがそう言っていた）へ、休暇を取りに出かけてしまった。我々は、腹ペコで、禿山での惨めな暮らしだ。みんな、することがなくて爪を齧ってる。あまりにもうまくコーナーキックを決めるスカッドに攻撃をしかけて、多少なりとも蹴りをかまさなくちゃ、とおれは言うんだ。スカッドのアキレス腱を蹴るんだ。が、おれたちのちゃちな司令官は同意しない。指揮参謀のゴー・サインがいると言うんだ。こんちくしょう！　こんなふうに、まだまだ厄介なことばかりだった。トランシーバーと古いVHFのラジオを持って（上の方の指揮官はモトローラの携帯を持ってるのにな）、我々のちゃちな司令官はまったく同意してくれない。お笑い草だろう。我々は要塞を維持する、そうすることによって、反政府派を都市部から切り離し得る。ばかか。ずっと前からスカッドは、高速艇でイエメンまで弾薬と九ミリ砲を取りに行っていて、海から物資補給をしている、それのは軍事機密でさえない。反政府派の負傷者の中にはジブチのペルティエ病院で治療を受けている者さえいるんだ、というのは、政府内にやつらの仲間がいるんだ。この件は、あまりにもうさんくさい。耳が聞こえないふりをしてる者は別だが、聞く耳を持ってる者はみんな、解ってるんだ。国の未来、それは「……」だ、だから、よく、よく考えてみなくてはならない。この戦争が終わったら、おれは粋で感じのいい仕事を探す。そう、おれはそういう仕事を知ってる、それはアメリカ大使館やミッテランの領事館の前でのマジな仕事だ、そう、そう。でも、それはおれの機密だ。

10　アブド＝ジュリアン

ほら、ぼくらは神様のおかげでまた会うことができた。しばし歓談しましょう。昨日の話を続けます。どこまで話したかな？　ああ、そう、あなたは、遊牧民のイスラム教への改宗は非常にゆっくりと進行したということ、イスラム教はメッカの商人たちの間に生まれた都市宗教だということを知っていたかい？　ムハンマドが、願わくば心の安らかならんことをと遊牧民を打ち破ることに成功し、彼らを彼の軍隊の中に組み込み、世界の征服に差し向けたということは本当だ。同じく、ぼくらの最愛の宗教が決して海に馴染まなかったということを知っているかい？　それが資本主義的な進歩の中でのイスラム社会の遅れを招いたのだ。イスラム教は船乗りや水夫をつねに、外野、屑、反徒と見なしていた。だが、ろくでなしのあなたは、たとえばぼくらの地域だけを取り上げてみても、オマーンの絶大な勢力と、それに紅海からモザンビーク海峡にいたるスワヒリ文明の出現とを、ぼくがどう説明し得るのかと尋ねるだろう。それはイスラム以前の海洋文明の産物なんだ。オマーン人と黒海沿岸のいくつかのトルコ化された住民たちとは、この海の知識を保つことができた。で、その優れた船乗りや漁師たちは、インド洋の正真正銘の制海権を得ることができた。このことも、あなたは知らなかった？　うわべだけのもの、パリで量産される歴史書のページの中にさえ見出される見せかけだけのものは警戒すべきだ。ぼくの話を耳をすまして聞いてほしい。いや、他の人々と接触するのは難しいことではない。逆に、他の人々は、彼らの話を聞こうとする注意深い耳と、彼らの知の腐植土をかき回したいと考える精神の持ち主とを見出せずに、死にかけているんだ。祖父はつねに、彼の会話のすべてに、ある種の深みを、のろさとはまったく別の、しかるべく計算された「悠長さ」といったものを備えていた。その彼の身振り、特にその声には、その穏やかさやリズムによって、あるいは話の進め方次第で「オ」とか「ウ」とかといった母音を伸ばすその伸ばし方によって、ぼくの心をとらえ活気づかせる摂理のようなものがあった。彼の動きのそれぞれにも、同じリラックスした強さが刻みこまれていた。彼は、声を上げることも下げることもなく、祖母のチミロに三度続けて、お茶の入った魔法瓶をはばかりなく頼んだ。彼は、加熱が十分でないと、同じように丁寧でしっかりした口調で、祖母にお茶を入れ直すように要求することもできた。それらすべては、彼と同年代の歳とった理屈屋のように他人の気分を害したり、自分の威厳を見せる喜びからではなく、他界する前の身体不随の状態にあってさえ、彼の最大限の権利を彼の話し相手に理解させるためだった。彼にとって、生は言葉や行動のあり余るほどの交流であり、ゆえに彼は絶えず声を出し、意見を述べ、老骨を動かしていた。急ぐこともなく、分刻みの芳醇を味わっていた——生はともに味わうべき宴であり、それをあわててがぶ飲みするには及ばない。が、みんなが彼と観点を同じくしていたわけではない。彼の不安定な健康状態に胸を締めつけられて、祖母のチミロはしばしば涙をこぼし、その涙は彼女の鼻のてっぺんを下り、頬の丘をぬらしていた。

本物の創造者である遍歴者、無国籍者は、砂漠の遊牧民と同じく、少なくともこの下界では、一つのこと以外には役に立たない。彼らは、我々が生涯を旅する際にたどるべき道を示す案内人だ、祖父はそう確信しているのだが、彼らはまた、ぼくらに詳細豊富に、彼らの感情のメリーゴーラウンドをも物語る。ここへまたかしこへとジグザグに働く彼らの記憶でもって、直角に、三角形に、台形にと働く彼らの想像力でもって、彼らはぼくらに、泥の流れ、ねっとりと泡立つ悔恨、アベ湖のそれのように腐った水、それに大しけの海さえも回避させる。人間を恐怖させる人食い鬼の歯茎を持つ海。彼らの案内さえあれば、ぼくらは、あの死神に飛びかかり、人間をあれほどにおびき寄せようとするあの地獄に向けてダイビングしたいものだ。儚きものの記録者として、彼らは、牡蠣の如くに彼らのことわざを殻から取り出し、感覚と感情を超えて空中浮揚をうながす風媒の言葉を持つ。互いに衝突し、互いに除去し合う沈黙と喧躁。突然の新たな知の開花。彼らはぼくらに、決して雨の降らない国々の真珠の雨、人間をヒューマニティへと結び付ける主要な琴線を提供する。彼らの声は、彼らがぼくらに話しかける限り、彼らがぼくらを他の者たちに結び付ける限り、いつまでもフレッシュなままだ。彼らは雌牛かラクダの牧夫、国境をまたぐ者、夕べの最新の話題を引きずって歩く蜃気楼の行商人だ。彼らは頑丈なものは何も、あるいはほんの少ししか所有していない。多くの者は、苦いアーモンドと骨の音ばかり。ほかの者たちも、ただお祈りのための一枚の羊皮と信者としての動作だけだ。だから、夜がその最後のともし火をともし尽くそうとしている時には急がなくてはならない、それは人生の秋だ。死が近づくと、一般に、詩人たちは予言者になる。

11　バシール・ビン・ラディン

内線時代の前半はまだ終わらず、スカッドの一部と大統領は交渉に取りかかった。それは簡単なことだ——三人のスカッドのリーダーが首都に向けて出発した。コンタクトを取ったのはいつも首相、ションベンをしに馬から降りるあの輩だろう。彼は、ベジェ（ジブチの独裁政党ＲＰＰ〔「進歩人民連合」の略称〕、ＲＦＩ〔前出。五〇頁の割注参照〕、ＰＳＧ〔サッカー・チーム、「パリ・サンジェルマン」の略称〕などと同じく、はしょった名前だ）という名で、三人のリーダーと同じ地方の出身だ。彼らの名前だが、これはまだ軍事上のトップ・シークレットだ。が、了解、おれはお前にヒントをやることにしよう、ひとりはキフ・キフとか名乗ってる。お前には見当がつかないだろうけど、まあ、大した、大したことじゃない。この男はおれの名前、つまりビン・ラディンのようには知られていない、それだけだ。三人のリーダーは老いた大統領の機嫌を取るだろうし、彼の方では彼らに肘掛椅子や住居や仕事を与えることになるだろう。この一件、これがスカッドＮｏ・１だった、解っただろう。テレビ、ラジオ、到るところで和平の日だ。ダンス（和平を祝うために戦闘ダンスをするってのも粋じゃないか？）、カート、それにスピーチ。大統領夫人でさえ、ボディガードで一杯の群衆の前でダンスをした。あそこでは誰も、敵と対峙して山の中にいる我々に思いを馳せることはなかった。幸いにも、我々はみんな、カラシニコフを持ってる。言っておくが、古いカラシと新しいカラシがあるんだ。古いカラシはＡＫ－４７だ。新しいのはＡＫ－５８で、洗練されてる、手早く、手早く掃射できるんだからな。地面に落ちてもひとりで撃ってるんだ。４７は落としてもかまわない、踏んでもかまわない、安全装置があるから穏やかなもんだ。が、ＡＫ－５８の安全装置はとても、とても小さいんだ、すごく小さい、だから落としたらやられてしまうかもしれない。マシンガン、ロケットランチャー、迫撃砲、地対地ミサイル（それらはすべて、移動させようとすると、重い、重い）もある。ロケットランチャーを発射させようとしてる仲間のうしろにいちゃいけない、死んでしまう可能性がある。ああ、そうだ、反政府派だが、やつらはうんと腹が減ってる時に攻撃してくるんだ。低木の林から出てきて、舗装道路の脇に隠れて車を攻撃してくる。統一道路（これはジブチ―タジュラを結ぶ主要幹線道路で、道路をプレゼントしてくれたサウジの王子の名前にちなんで、ファハド・ビン・アブドゥルアジス道路とも呼ばれてる）、これは極めて危険だ、というのは、反政府派は食べ物だけでなく、カートも欲しがってるんだ。そういうことで、やつらはなお勇気を持って待ち伏せを続けている。我々の方は、それを一掃するために、公式の命令を待っているというわけだ。長く、長く待つことになる、というのは、スカッド１と大統領はいまや友だち同士だからな。やつらは、主婦連中や、隣のサミレの店のテレビで見たソビエトの司令官たちのように、抱擁を交わしてるんだ。ああ、政治というのは何て下劣なんだ。あまりにも恥ずかしい。キフ・キフをはじめ（キフ・キフってハバシュ、つまりエチオピアの名前じゃないか?）、スカッド1の三人のリーダーは、彼らのバンバン〔bambins.「小僧たち」の意〕（これって正確なフランス語だろう）にいったいどう話すつもりなんだろうか？　我々は満足してる、アバロでは交渉がうまくいって調印した、仲直りしたんだ、とでも言うんだろうか。子供たちは、手を口にあてて、ふう、やれやれ、とでも言うんだろう。何たる恥辱だ。政治はあまりにも糞ばかだ、とアイディッドは言う。おれもそう思う、政治屋は一つの仕事も満足にできないくだらない野郎たちだ、やつらに、機械工、コック、学校の先生、医者ができるはずはない。伝令だってできやしないさ。あれ、何か騒がしい金属音がする。食事の時間か。アイディッドがポケットに持ってるピンクの薬、あれを試してから、眠気は眼から離れたが、飢えはからだから離れないってわけだ。何か食べたい、腹がグルグルって言ってるんだ。

12　アリス

現在はド・ゴール大通りと呼ばれているメイン・ストリートにまだ藁葺きの家（「アリーシュ」と一般には言われていた）があった時代――私たちの頼みの綱のフランスは、まだ一九三九年の疝痛から回復してはいなかった――のこと、もっとも、このタイプの住居は私たちがここにやって来るほんの少し前、七〇年代の転換期に姿を消していたが。漁師たちの最初の村の所在地にブラオスという名前が残っている。柴の束を背負うラクダや水を運ぶ荷鞍を付けたロバがしきりに、まだ原住民の村つまり「マガラ」と呼ばれていたが年とともに次第に拡張されてゆくことになる村の主要道路を列をなして進んでいた。アンブリには動物園があり、その対面には堂々たる風車が据えられた椰子園があって、午後になるとそこに若者の群れが押し寄せ、またルンペンが捨てられたばかりの吸い殻に突進していた。それらすべては昨日のこと、アルフレッド・イルグとレオン・シェフヌーが汽車を動かし始めたばかりで、一九二九年、一九三〇年、それに一九四〇年の地震によって散々な被害を被った大聖堂はまだ聖ジャンヌ＝ダルク教会と呼ばれていた。それらすべてはまだ新しい昨日のこと、かわいいサボテンのようなあなたの時代ではなく、あなたのお父さんがまだ青年だったころのこと——それは、いまではもう、あなたの祖母の年齢に達しているはずのメネリック広場のコーヒー豆選別機のように、古い過去の話になっているのかもしれない。あるいは、あなたの祖父が最初の新兵のひとりだった原住民義勇軍が、セネガル狙撃兵——実際にはセネガルだけでなく、すべてのAOF（フランス領西アフリカ（アフリック・オクシデンタル・フランセーズ））から来ていたんだけど——の力を借りて、モデル都市の、つまりアルデーシュ県〔フランス南東部、中央山地南東麓にある〕やアリエージュ県〔ピレネー山脈中部、スペイン国境沿いの県〕の群庁所在地と同じように模範的な都市の治安を担当していた（模範的というのは、少なくとも、その紙幣をインドシナ銀行から貰っていた時代の、植民地の週刊紙が主張していたことだ）、あの義勇軍の時代のこと。この時期には、特に、ラクダ広場（のちのランボー広場であり、現在のマフムード・ハルビ広場。一九三一年のパリ植民地博では〈ジブチおよびフランス領ワラル海岸〉〔一八九六年以降、タジュラ湾周辺のフランスの勢力圏は「フランス領ソマリ海岸」と呼ばれていた〕のシンボルマークだったハムーディ大モスクからは眼と鼻の先にある）に監視の眼が注がれなくてはならなかった。そこは隊商の終点であり、木材の、ミルクの、バターの、それにフランスの総督にとっては気がかりで仕方のない後背地からの泡立つ噂の重要な市場となっていた。起床するなり、総督は、ラクダ広場でどんなことが言い交わされているか、きょうは何が起こっているか、自分がどういう風に言われているか、もう三日もパリの連中にいつも通りにプヌマティック〔一種の速達便のこと。この便は捺印され、筒状のカプセルに入れられ、地下に張り巡らされたパイプを通って最寄りの郵便局に送られ、そこから相手先まで配達された。この時代のジブチにこのシステムが存在したとは思われないが、パリでは一八六六年から一九八四年まで運用されていた〕を送るということをしていなかったので彼らが自分の沈黙についてどう思っているか、下問した。すぐに、植民地情報機関のスパイがひとり、原住民部族出身の三人の密告者の言を根拠に、彼を安心させるはず――我々の利益については何も不安はありません、相変わらず、流血事件があっただの、井戸に毒が盛られただの、フィアンセがさらわれただの、コブ牛がごっそり略奪されただの、敵対する氏族の間で仇打ち事件があっただのといった話ばかりです。面倒はアビシニア人〔古代、チグレ地方に存在したアクスム王国人を当時のギリシア人がアバセニと呼んだことに起因するエチオピア人の別称〕たちの領土拡張欲から来るかもしれませんが、それは以前からわかってることですからね。以上が、キリスト降誕学校の幼い子供たちのブロンドの頭をからっぽにするほど激しく照りつける太陽にもかかわらず、幸先のいい、総督の一日の始まり。総督を惹きつけるコーヒーのいい香り。この習慣のために、テーブルが一つ、夾竹桃の下に設えられていた。彼は、デュパルシとヴィグルーの両社（エッフェル・タイプの鉄骨を大量に使って、一八九七年に着工以来、ジブチとアジスのあいだの鉄橋をすべて完成させたのはこの両社だ）によって建てられた郵便取扱所の新しい建物でも視察に行くのだろう。とにかく、あっぱれな一日！

リヴィング・ルームの家具の上で幅を利かせている、端の方が干からびた一枚のセピア色の写真があった。そこには、スーツに蝶ネクタイの、すでに三〇代に達していたはずだが童顔のマフムード・ハルビがいた。童顔というのは、ここでは、男たちが完全な大人としての資格を有するには四四歳の峠を越えなくてはならないからだ。祖父はその優しい声ではっきりとそう言っていた。リヴィング・ルームに入る者は誰でも、そのヒロイックな顔の前で必ず帽子を取った。この現世にあって、敬意と尊厳を抱かせる唯一の被造物は、死者なのだろうか？　この写真の背後の壁に、大ソマリアの地図がかかっていて、訪問客たちの眼を惹きつけた。スカイブルーを背景にした黄砂の領土、その周りには、サマーレ〔いくつかの主要なソマリ族あるいはその下位集団の古い共通の父祖〕の子孫たちの土地を分割した四人の植民地主義者（フランス、イギリス、イタリア、エチオピア）。が、この非常に寓意的な地図は、ひとりの闘士の写真ほどには好評を博していなかった。

13　バシール・ビン・ラディン

年配の兵士、三〇歳あるいはそれ以上の者は、強い酒がとても、とても好きだった——ジン、ウオッカ、ジョニー・ウォーカー、ホワイト・スピリット。それを持ってくるのは司令官の司令官だ。アラブやインドの大金持ちは、お国のための骨折りへの埋め合わせとして、それらをすべて無料でくれるんだ。戯言ではない。ラベルがそう言ってる。フラタッチ商会、エル・ガミル・スーパーマーケット、ボレ&アソシエイツ、イドリス自動車学校、V・D・シン&K・S・ヴィジェ社、クベーシュ父子商会、等々、言おうとしてることが解るかな？　反政府派はドゥモがとても好きだ（これはワダッグ地方の椰子の実のワインだ）。我々のような若い動員兵は、あまり強くないアルコールが好きだ。ハイネケン、クローネンブルグ、チュボルグ、それ以上にピンクの錠剤やハシシュ〔大麻の樹脂を粉にしたもの。幻覚・興奮作用がある〕。ワァオオオオ！　そうすると、眠気が眼から去って行く。腹、それはもう問題じゃない、それだけのことだ。そうなったら、お前はもう誰に対しても情けはかけない、ちっちゃな、ちっちゃな子供に対してさえも。愛しい奴隷を作るために、軍のキャンプに、反政府派の娘を連れ込むんだ。娘はみんな、我々のものだ、やつらはそのケツの穴を見せざるを得ない、簡単な話だ。娘の中には自分からやって来るのさえいる、彼女たちは山から出て来る、とても腹が減ってるんだ。彼女たちは言う——私、兵隊さんと一緒にいたい、軍には食べ物があるでしょ。だから、彼女たちは兵隊が好きだ、さもなければ飢えに飢えるだけだ。反政府派は、我々に対して優位に立ったときに、自分たちの娘を捕える。やつらは、即、即、殺す。ほほう、そうかい、お前は兵隊と一緒だったんだ。裏切り者、お前は兵隊の料理を作っていたろう、それにいつも寝てたろう。あばずれ女め、おれがお前の人生をあばずれにしてやろう。ほら、ケツにこれでもはめてやがれ、パーン！　すると、そのあとは、おれはもう狂人だ、関係ない、おれはトゥパック・シャクール〔アメリカのヒップ・ホップ歌手〕を歌いながら、山で、老いたママンや叔父ちゃんを穴の中に投げ捨てる。キャンプを焼く、水に毒を入れる。タッタッタッタッ、動物を掃射する。弾丸をくらって倒れたラクダが、長い、長い足を起こして、倒れて、起こして、倒れて、起こすのなんか、とても面白いんだ。到着する、パン、パン、パン、額手の礼（サラーム）、それから、バイ、バイだ。どうってことない！　雌牛、やつらはあまりにもばかすぎる、やつらは大きな白い眼をして、モウ、モウなんて、弾丸を待ってる、死を求めてるんだ。羊たちは所構わず走り回る。ヤギは走る、走る。おれは兵隊がロバを犯すのを見た、ロバはヒイヒイ……ヒイヒイ……ヒイヒイ、泣いてるんだ。そりゃ、楽しいひとときだ。その作業が終わると、おれはハシシュを焚いて、眼が顔から離れて行くまで深く、深く呼吸する。そのあとは、気持ちが落ち着いて、ウォークマンを聴きながらクールになる。それから、小さな、ほんの小さな音にも耐えられなくなって、おれは眠る。長い間じゃない。最長で二時間だ、そのあとは見張りの番。ほかの者たちも二時間寝て、そのあと見張りだ。これが習慣になる。おれはほんのちょっと眠る、カートを吸いすぎ、齧りすぎた時を除いて。まあ、それは他人の知ったことじゃない。司令官が、バシール、お前、また吸ったのか、と聞いてきても、いえ、伍長、って予め用意していた通りに答えるんだ。こういうことって、いつでも否定が肝心だ。司令官は何もできないし、雑役を処理するために動員兵をとても必要としてるんだからな。捕虜を集め、負傷者を素早く生き埋めにし、白い粘土で覆われた（これって恐らく、やつらのお守りなんだろう）反政府派の遺体を焼く、それがここの掟だ。そして、兵士は掟に従う、それだけだ。そんな夜は、一晩中、悪夢以上の悪夢を見ることになる。一度、おれは、不愉快な悪夢を見た。カラフィの近くで待ち伏せされて、アイディッド、アヤンレ、ハイサマが殺されるんだ。おれは、アカシアのうしろに隠れた。反政府派は、至るところ、至るところを探し回ったが、おれを見つけられなかった。だが、最後の瞬間に、ひとりのこざかしい反政府派の男が潜伏場所を見つけて、四人でこっちにやって来る、引き金に指をかけて。やつらはそろりそろりと近づいて来る、あの映画の中のクリント・イーストウッドみたいだった（くそっ、どうしたんだろう、何という映画だったか思い出せない）。やつらは相変わらずおれに向かって近づいて来る。で、おれはカラシニコフを持って、じっと覗っていた。まだ近づいて来る。やつらは左右を見て、それからまた前進する。くそっ、おれのカラシが動かない、作動しないんだ。四人の男たちには、おれのカラシが壊れているのが解った。おれにも解った。

14　アブド＝ジュリアン

祖父は言っていた——お前があそこに見る砂漠、いいかい、あれは生きているんだ、お前やわしのように。その証拠に、砂丘は子供の時には白い、それから何世紀も経て黄色くなるんだ。それが解るためには、いわゆるいいメガネをかけて、遠く離れて陣取っているだけで十分だ。何も死ななかった、お前がそこに見る砂漠は、またいつかサバンナの顔を、何百万年か前にそうだった水と草の海を見出すことになるだろう。大時計それに砂時計の時間は無きに等しい、地球の年齢と比べれば、まったくの無だ。同じように、人間の道程は地平線のような一本の線ではない、それは根と、枝と、樹液を含んでいる。再生であり、根茎であり、分枝なんだ。人間は一本の木なんだよ。ぼくは彼の言うことをほとんど聞いていない、彼はもう何時間もひとりで話している。一千億のニューロン、何という蓄積だろう！　だが、カートの、アルコールの、煙草の、武器への陶酔の悪行は別にしても、神意によって与えられたこの蓄積から汲もうとする者は非常に少ない。人間は脳みそのない肉だ——わしはお前にそう言いながら、ほとんど息が詰まってしまう。星の一つが不意に涙に曇ったわしの眼から落ち、涙の一滴が皺の刻まれたわしの頬を真珠のように飾る。さあ、もう、わしがここを離れ、お前をひとり夢想の中に残す時間だ。また明日来よう、そしてわしらが話をし残したところから再び始めることにしよう。

ぼくの祖父は、彼がかつてパパや数多くの縁者やその子孫たちに語ったことをぼくに語った。家族と部族、それらは混ざり合っている。ぼくらのところでは、部族というものは密集した群衆であり、民衆である。話をはじめる前に、突然、彼はバルバラ地域のバスに乗っているかのように彼方にいってしまった。それから、初めに戻り、ぼくらが雌牛の乳房から出た新鮮なミルクのように味わう話を始めるのだった。祖父は素晴らしかった。お祖父さんって、すぐに好かれる品のいい女の人みたいだね、誰かがムアリムの学校でのように手を上げることもなく言った。

「一五世紀の風変りな地図では、地上の楽園は、もちろん周りを炎に囲まれた楽園だけど、まさにアビシニアのこの場所に、つまりわしらのところにあったんだ。知ってるかな?」

そして、彼は踵を返すように話を始めた。

「わしはすぐにこの話をしよう。これは古いアラビアの話だ。シリアのザカリア・テイマーが、これをひとりのコックの話に変えているけれども。ある日、ひとりの男が、アレッポの市場で大きな卵を二つ、食料品屋から買った。彼はとても腹が減っていた。食料品屋が差し出す袋を丁寧に断って、卵を一つずつ、それぞれのポケットに入れた。家に着くと、彼は台所に駆け込み、皿とフライパンを出した。一番目の卵を二番目とくっつけて割った。そこから、綿毛に覆われた雛が一匹、出て来た。彼は怒って、彼からオムレツを奪った悪賢い食料品屋を罵倒した。と、突然、彼の足下の地盤が見えなくなった、というのは、雛が大きくなり、やがて二つの翼を付けたまま、白いゆったりとした衣服を身につけた、感じのよい顔をしたひとりの男の姿に変身し始めたからだ。彼は怖くなり、唯一神の名を呼んで加護を祈り、二番目の卵を落とした。そこからも綿毛に覆われた雛が出て来た。が、それはすぐに大きくなり、一番目とすべての点でそっくりの男になった。どうしよう、何て言ったらいいんだ？　彼は勇気を出した。

――ちくしょう、貴様たちは誰なんだ？

――私はムンキルだ。一番目が言った。で、彼はナキールだ。

それから、彼はリーダーとして付け加えた。

――お前は確かに、我々のことを聞いたことがあるだろう。お前の年齢では、恐らくそのはずだ。我々は故人とともに、彼の地上でのすべての行動の総決算をするために、彼が墓に行く最初の夜に、その故人を訪問する二人の天使だ。

――あなた方は、なぜ来られたのですか？　ご覧の通り、私は死んではいないでしょう？　それとも、飛びかかるつもりなんですか。私はボクサーで、アレッポではあらゆる人に、それにその向こうのパルミラ〔シリア中部の古代都市〕まで、私の拳の強さは知られていますよ。

――まあ、怒らないで、勇敢なボクサーのお方。ムンキルが心の底から申し訳なさそうな声で言った。恐らく間違いだろう、申し訳ないな。

そして、ナキールも誠実に許しを求め、それから二人とも出口の方に向かった。

――どこに行くんです？　男は彼らの道を塞ぎながら叫んだ。

――まだ我々を待っている仕事がたくさんあるんだ。ムンキルが答えた。

――で、私の卵は、誰がそれを戻してくれるんです？

――それは……。ナキールが口ごもった。

――簡単なことです、私に払い戻してください。ひどく腹の減った男が提案した。

ムンキルが両腕を宙に挙げた。

――我々のポケットを探ってください、我々は何も持っていない。少なくとも地上のものは、何も。

男は二人を出発させるのを拒んだ。彼は、たとえそれが悪意のないものであったとしても、他人によって犯された間違いのために食べ物なしのままでいようとは思わなかった。

――道理をわきまえなさい、我々はおかねを持っていないんだ。ナキールが懇願した。

――我々としては、最後の審判の日に多少、骨を折ることができるかもしれない。ムンキルが付け加えた。

――お前の悪行の幾つかについては眼をつむろう。ナキールがはっきりと言った。

男は三〇秒ほど考えた、それから諦めた。

彼は、天使たちの方に人差し指を断固として差し出した。

――男子の一言か？
天使たちは抗議の印に彼らの翼を揺すった。
男は慌てて言い方を変えた。
――私が言いたかったのは、天使の一言か、ってことだ。
天使たちは頷いて、それから姿を消した」。

15　バシール・ビン・ラディン

一般の市民は、愛国税のせいで、我々のことを良く思っていない。政府は戦争を続けるために、支払われる給与の二七パーセントを直接、ポケットに入れている。で、役人たちは我々を意地の悪い眼で見る。が、おれは賛成しない。市民戦争と言われる内戦があるのは動員兵のせいじゃない。動員兵を求めているのは内戦の方だろうに。まともになって、本末を転倒しないようにしなくちゃ、だろ？それに、集められたカネのすべてが動員兵に来るわけじゃない。それは最初に大物のポケットに入る。その証拠に、彼らのすべてが大統領のような、庭付きの広大な別荘を建ててるじゃないか。さえない役人（フォンクショネール・アンシニフィアン）（これはすごくいいフランス語だ）でさえ、共和国の首相と同じような、小型の庭付き別荘を持ちたがってる。怠け者の役人たちの涙なんか知ったことか、不満なら壁に頭でもぶつけてやがれ。さもないと暴動だ、が、おれはそれについては、それほどありそうなことだとは思わない、何しろカートがはびこってるからな。カートは、話すだけ話させる、夢を見るだけ見させる、そのあとはゼロの間抜け。カートはからだのエネルギーを麻痺させてしまう。男のあれだって、噛みに噛まれて味がしなくなったチューインガムみたいに萎れてしまう。だから、暴動なんか、まだずっと先の話だっておれは言うんだ。アイディッド、やつはおれと考えが一緒じゃない。やつは革命は明日にでも起こり得ると言う。ソマリアはシアド・バーレを追い払ったが、やつらもカートを齧ってる。だが、言っておくが、やつらはジブチほどには齧っちゃいないだろう。ジブチは、イエメン人についで、齧りのチャンピオンだ。イエメン人たちは眼を閉じる。齧る、齧る、齧る。眠気はイエメン人の眼から飛んで行く。眠気の方が、我々の快適な地球にイエメン人がいることなんか忘れてしまう。そのイエメン人についで、おれは、ジブチが二番だと言うんだ、三番がソマリア、四番がエチオピア人だ。ただ、言っておくが、ハバシー教団〔ハバシーはアブドゥ・アル・ハラリによって一九三〇年にレバノンで創設されたスンナ派のイスラム教団体。本拠地はベイルート。スンナ派の分派に属し、イスラム神秘主義、スーフィー教の道に由来する信仰の実践を旨とする。その目的はアシュアリー神学に従って、コーランのスンナ派の伝統的教えとイスラム教典の普及を促進することにある〕のやつらは齧らない、やつらは昼はブナ〔コーヒー〕を、夜はタジ〔蜂蜜酒〕を飲む。アイディッド、やつはばかじゃない。やつにも多少の理はある。我々もソマリア人のように暴動を起こすことができるかもしれない、しかし言っておくが、戦争は止めることができなくちゃ。モガディシオじゃ、アイディッド（おれの仲間のアイディッドのことじゃない。戦闘でアメリカ人を殺し、その遺体をガキどもが、主婦たちのユーユーという喜びの掛け声をうけながら引きずりまわすのを撮影までした、本物の司令官のことだ――クリントンのような自慢屋のアメリカ人には大恥だった！）のような阿呆将軍たちとその一味がもう何年も戦闘をしている。それを我々のところであまりやりすぎちゃいけない。必要なのは、物事を糺すための小さな暴動だ。が、まあ、それは、警察の阿呆将軍、いまじゃガボデの暗い刑務所に寝てる輩とともに、一度は失敗した。

アッラーの思し召しがあれば（イン・シャー・アッラー）、次はうまく行くだろう。で、おれもその件では何かやれるかもしれない。だが、それはまだおれの軍事上のトップ・シークレットだ。

16　アワレ

わしらが決して植民者の支配を容認しなかったことを忘れてはならぬ。既成事実それに最強の者の掟を前にしてさえ、わしらは密かに、こっそりと抵抗した。

幸い、カトリック教会が世界への布教の最良の成果を上げたブルンジ、ルワンダのような非常に人口密度の高い国々とはちがって、わしらは閉じこもるのに十分な地域を持っていた。見られることも識別されることもない叢林に閉じこもることが可能だった。それに、とりわけ書類がなかった。こうして、行政の表向きは寛大な行動も、ワクチン接種のキャンペーン同様にこぞって無視され、さもなければ拒絶された。村、学校あるいは市については、わしらはそれらを拒み、田舎の生活をより好んだ。しかし、時の経過とともに、わしらのうちの、ジブチ—アジスアベバの鉄道沿いの大きな村に住んでいた者たちがその気になり、様子を見るために、まずひとりの少年を、ひとりの孤児を、彼らの学校に送り込んだ。それから家族の中で最も幼い少年、続いて次男、最後に家畜の群れの番をしている長男を。それにしても、子供たちは一日中、学校で何をしているのか？　最も疑い深い者たちが思い切って足を運んでみた。夜の星のように忠実に、子供たちは毎日、同じ場所に行き、座ったまま、何年かのちに自分の骨まで疲労させることなく給料とともに家に戻るために、郡庁のスタンプの押された小さなスパイラル・ノートに書き込みをしていた。彼らの父親はじきに店を開く。その時以来、彼らはかつてはタダで貸していたロバを賃貸しする。少しずつ、彼らは氏族から切り離され、先祖に口から出まかせを言い、貧者へ施しをするのを嫌がるようになる。彼らは他人にみずからを閉ざし、彼らに似た存在あるいは通りすがりの外国人、たとえば看護士とか駅長、フランスから来たフランス人とかギリシャ人といった人々とだけ交際する。そして、終いにはトラックの運転手が、すでに汽車によって脅かされていたラクダ引きに取って代わる。

17 アブド＝ジュリアン

祖父の言うことを信じるならば、月は隣人の空ではより丸く、青草も隣の畑ではいつでも、より立派である。それはともかくとして、暴言を吐き市を荒らす狂人のサーベルによって喉を掻き切られるような危険を冒してはならない。彼らは、ヒラの山の洞窟の中で、天使から預言者に対してなされた厳命を忘れている。その厳命は言う――「イクラ！　唱えよ！」。この言葉から、コーランの言葉、暗誦がやって来る。あの時代、読むこともしくは唱えることは、偏狭で多くの場合ひげを生やした人間たちによって弱体化された御言葉の、現在のたどたどしい暗誦とは非常にかけ離れたものだった。イクラ、唱えよ、自分自身で熟考せよ、知識を蓄え、お前の奥底に唯一神に通じる道を求めよ。イスラムの伝統によれば、大天使ジブリルによるコーランの啓示は、いまの時代には忘れられているようだが、新たな付加、絶え間ない調整や修正を伴う二三以上の道行の留によって段階的な向上をめざす、揺るぎなくはあるが苦しく細分化された長い試練だった。この長い探究、ひとつの生涯にわたる目的は、その内部に始まりと終わりを持つ。「ここで、アダムは、彼の粘土の塵を思い起こす」と詩人マフムード・ダルウィッシュは言う。誰が詩人より以上にうまく、神に行き着くことができようか？　恐らく、その独占を不当に主張する熱烈なやかまし屋たちではない。「詩人については、道を間違えた者たちだけが彼らに従うように。汝は、谷の中すべてで、彼らが大声で泣き叫んでいるのが解らないのか？　そして彼らが何をしないと言っているのかが？」（コーラン）。

18　バシール・ビン・ラディン

ピンクの錠剤を飲むと、おれの頭はとても、とても軽くなる。そして何かが眼に入ると、欲しくなって、おれの母親のものだろうが、大統領のものだろうが、すぐに取ってしまう。我々、動員兵ってのは、こういう風に凶暴だ。それに、その貧弱な頭は、ヘリコプターみたいにひとりで飛ぶんだ。ヘリコプターの中はそんなに怖くはない、多少なりとも空の彼方だ。敵の頭上にションベンをたれることができるんだ。だから、怖くない、相手がロケットランチャーとか地対地ミサイルなどを持ってる場合は別だが。こんな感じで、フランス軍は我々の頭上を旋回していた。いつもガゼルってヘリコプターが、我々の位置を見張り、あとで我々の敵と情報の闇取引をするために、トコトコトコ、ってやってた。ミラージュF1だって、我々のすぐ近くを、ズズズズズゥゥゥゥゥフフフフ、って感じで通り過ぎていった。フランスの軍人たちと戦闘をやろうにも、我々は、AMX戦車も、速くて目にも止まらない高速艇《ヴデット・ラピッド・エ・フユルティヴ》（じつに正確な表現だな、これは）も持ってなかったんだから、もうどうしようもなかったんだ。フランスの軍人たちのことだけど、やつらは軍事の専門用語でFFDJ

ジブチ駐留フランス軍（フォルス・フランセーズ・スタシオネ・ア・ジブチ）って言われてるんだ。まあ、こうして、スカッド2は、スカッド1という古い仲間が和平に調印したあとで、勢力範囲を広げた。我々はあまり腹を立てなかった、戦うのが我々の仕事だからな。でも、大統領はひどく興奮していた。スカッド2はスカッド1よりも強い。スカッド2は、サッカーのスペイン選手権ですごくアシストしたミッドフィルダーのリバルドみたいに強い。スカッドは勇猛果敢にさえなってるんだ、いまじゃ反政府派は、対空ミサイルの砲台と重火器をたくさん備え付けたトヨタの小型トラックを運転してるんだからな。その変な車は「テクニカル」（これって、英語じゃないか？）って呼ばれてる。このやり方を工夫したのはソマリア人だ、ソマリア人は、エリトリア人やカガメ〔ルワンダ共和国の大統領。一九五七―〕のルワンダ人と同じく、戦争にはめっぽう強い（アフリカ人は貧しいが、戦争には強いんじゃないか？）。そういうわけで、スカッド2のやつらは新しい武器を持ってる、新しくものすごい武器で勇猛果敢になるのは簡単だ。大統領はえらく興奮して、フランスに行った、サウジアラビアにも行った、スイスにも行った、中国にも行った、すべて最新の武器と装備のための財政援助を乞うためだ。大統領はとても、とても神経質だ、神が彼の心臓を取り変えでもしない限り、心臓麻痺で死ぬだろう。現場では、みんな、彼の興奮をひしひしと感じてる、というのは、司令官たちが我々のうしろで監視していて、大声で叫ぶのを止めないからだ。ついで彼は軍隊に、より大量の動員兵を、幼すぎる子供たち、子供であり兵隊でもあるようなやつらさえ入隊させた。この子供たちがすごく怖がるんだ、司令官がそれまでの楽な生活を一掃しようと子供たちにあまりにも苦労をさせるからだ。子供たちが最初に戦闘に加わる時、みんなは言う——おい、ちっちゃいの、あの負傷した反政府派にとどめを刺そうぜ。で、タカタカタカをするために、みんなは彼にピストルを渡す。それから、負傷するか死ぬかした反政府派の血で、子供の顔を洗ってやるんだ。ちっちゃな兵士が勇敢になり、したたかになった時には、彼はバズーカ砲で、ママン、叔父さん、従兄、ムアッジン〔塔の上からメッカの方角に向かって一日五回、定刻に、祈りの時を告げる係〕たちをいとも簡単に撃つことができる。ちっちゃな兵士、彼らはいつもとても危険な存在だ、というのは、彼らは遊びと戦闘をごっちゃにする。顔に笑いを浮かべて、生と死を混ぜる。まあ、ちっちゃな、ちっちゃな兵士と一緒になってやってても、スカッド2は勢力を広げる。政府は、スカッド2が戦闘で数々の勝利を挙げているとしたら、それは、夥しい情報とともに機密を敵に漏らしているフランスのスパイのせいだ、と言う。フランスのスパイは、配置、武器、兵力を敵に教えてる。こんな状態、軍事用語では、潰走（デバークル）って言うんだ。非常に深刻だ。

19　アブド＝ジュリアン

ワン、ツー、スリー。ワァァァオォォー。ぼくらは、砂漠の奥地で編成され、クルクルと回る荒々しい音楽を熱愛する若いミュージシャンのグループ、マウマウ団〔後出。九八頁の割注参照〕だ。ブルース、グー、ガバイ、ゲラール〔「グー」「ガバイ」「ゲラール」はソマリアの詩のジャンル〕。ワァァァオォォー。ぼくらは、ジブチの市を出て、地方のあらゆる響きを、樹液、音、特異なもの、唄、ざわめき、嵐、神話などを、生のまま収集した。ぼくらは、もっと遠くまで行った。オルタナティヴ・ロック、レゲエ、ライ、ラップ、ラガマフィン、スカ、セガは、ぼくらの図々しく、泥だらけで、ブーツさえ履いた足には、もはや秘密でも何でもない。ぼくらは哺乳瓶でジャマイカの音楽を飲んだ世代であり、この世代の誕生は、ラスタファリアン〔アフリカへの復帰を唱え、レゲエを奉ずるジャマイカの黒人たち〕の島を世界的に有名にしたあのロングヘアーのプリンスの死とぴたりと一致していた。ぼくらは、リズム、言葉、唄による陶酔を探求する。歓喜の芸術。いま革命的であれ、さもなくば永遠に革命的ではあり得ない、ヴィクトル・ユゴー翁は言った。ぼくらの最も大きな報酬は、ぼくらの両親たちのような四〇歳のオールド・ボディたちをうまく揺さぶることだ、彼らにかつての外国留学の時代を思い起こさせるサルサ、去年のパチャンガ、あるいは激しいルンバの曲を演奏して。彼らは、疲れた眼で、通りの一角を、海の水平線とその果てにある未知の世界を、サン＝ジェルマンとモンパルナスの間にあった生活の断片を、じっと見据えるだろう。こうして、ぼくらは諸々の世代を混ぜあわせる、それはこの国では取るに足らないことではない。ぼくらは、去年の亡骸を蘇らせたり、引き延ばしたり、持ち越したり、戦術を使ったりしながら、過去の神秘の中に遥か遠くまで下って行く。六〇年代、七〇年代、八〇年代のもの、キューバの古いヒット曲、ハイチのクーペ・クルエ、フランシス・ベベイあるいは最新のナット・キング・コールをしばしば演奏する。ごく最近、ぼくらは、ジャズの驚異の中にぼくらを引き入れようとするひとりのフランス人——自分はポルト＝ヴェッキオのコルシカ人だ、と彼はつねに言い張っていたが——の海外協力派遣員と知り合った。彼は、彼とぼくらが一緒になって、スタインウェイのピアノを通して、この国に欠けている民主主義の理想を実現しよう、と言う。このジャズ的な理想は、一つの集団の内部に、十全で揺るぎのない個人の声が出現したということにほかならない。ぼくらは諸手を挙げて拍手喝采し、ジャズの名匠たちによって蓄えられた素晴らしい芸術を味わい、再生するために、数年をかけて打ち込むことにした。この隔離された国の中でも、ぼくらにはできる、そう、ぼくらは海のメロディを聞き、光を浴び、心と鼓膜を大きく開くことができる。それらすべての目的は、ぼくらのファンの耳から、駆引き、つまらない噂、そのほかの忌まわしい奸計を洗い流すことだ。頭がくらくらするような低音に大急ぎで飛び込み、リード・ヴォーカルの声のメアンダーにこっそりと入り、火山の円丘の頂に当たって跳ね跳び、フォーマイカの海を横断し、アファール族のフルートと一緒になって地平線のエッジの上で踊り、打ちひしがれたこの国の全土を駆け巡り、時にはすすり泣くような音を立て、擬音と意味をなす文字列とを交互に続け、ビジネスと芸術との間の弁証法を明日にまで延期し、聴覚を喜ばせ、眼をかすませ、唄による精神的な喜びを改めて明確にするために顔にメーキャップをする――ぼくらはこうした音楽を演奏する。ぼくらは近い将来、ぼくらの夢を実現できるだろう――懐胎期間中のこの国に一つの序奏を作り上げることを、突如として花開こうとする新しい知の時代の前触れとなることを。何とかして、祖国の内陸地域に根差す一つの共同体を、ラスタファリアンの黙想キャンプのような、一九三六年のスペインに存在したアナーキストのファランステールのような、開拓者のキブツのような、サパティスタのキャンプのような、スーフィ教徒の住居のような、星々の下での野営地のような、ロビンソン・クルーソーの小島のような、みずからの以前の国との繋がりを持とうとする移民のためのサイバー・カフェのような、ラリベラ近郊のアビシニアの修道院のような、ズールーの戦士たちの村落のような、何かを建設することを。要するに、わが父親の国においてはそのアイディアを想像もできなかったような何かを。ぼくらは、戦争も平和もなく、罪も罰もなく、尾も頭もないこの状態ゆえに、武器の鈍い音からそう遠く隔たることなく、反徒として生きることになるだろう。あなたは恐らく、ぼくらが安易な錯乱状態に陥って、ルーツをなおざりにしていると考えるだろう。だが、その誤りに気付いてほしい、ぼくらは、この土地のそれぞれの言語で同時に、同じ唄を同じ息使いで歌うことのできる最初の、そしていままでのところ唯一のグループだ。ぼくらは、アダムのすべての娘とすべての息子を集め、他者の汗を知るためにぼくら自身の汗水を流し、ぼくらの涙やぼくらの唾液やぼくらの上昇樹液を交換するように運命づけられている。ぼくらの同胞に足枷をかける無知の荷鞍の紐を緩めるようにも。信じてもらえるかどうか解らないが、ぼくらは順調に歩んでいる、たとえそれがまだまったく石敷きの状態にすぎないとしても。北から南まで、東から西まで、すべての村々で、ぼくらは至るところがわが家であり、至るところで歓待され、朝の太陽で暖まる眠るイグアナのように至るところで寛いでいる。独立の最初の日々のように。ぼくらの表象はむかつくような風貌と非常に古い知恵を持つ亀であり、それは人間の無気力や虚しさとはコントラストをなすものだ。ぼくらは、史書の中に求めることになる古い旋律を再びぼくらの責任として背負い、それらを、サウジアラビアから輸入されたオプションがすべて付いたパジェロの四駆のように真新しく、まばゆく輝くようにリニューアルするだろう。ぼくらは、植民地の記憶のなかから出て来る断片を見本としよう——フランス人であると同時にウルグアイ人でもあるある放浪詩人〔ジュール・シュペルヴィエル（一八八四－一九六〇）のこと。次の詩は「椰子の木の下で」〕の手になるこの詩のように。

ジブチはとてもあつく、きんぞくのようで、
たえがたくて、なさけもないので、
みんなはトタンのヤシのきをうえた、
ほかのきだとすぐにかれてしまうので。

さばくのかぜにきしむおと、
くずてつのしたにすわっていると、
やすりのくずがおちてきて、
やがてあなたはおおわれる。

でも、つきがあなたにみかたする、
あなたはきしゃのようにとどろくヤシのきのしたで、
あなたをはるかかなたにつれていく、
たびをいくつもそうぞうできるのだから。

ぼくらが、この海岸に拠点を持ちたがったフランス人との協定に調印した名士の名前、ハジ・ディデと危うく名乗りかねなかったということについて、考えてみよう。マウマウ団〔イギリスから独立を勝ち取ったケニアの戦士たちの総称〕――キリマンジャロの山から降りて来たこの名前はまさに理想的だった。一石二鳥だ。一石については、ぼくらはもの静かなのんびり屋だから、誰もぼくらがワラル贔屓で、ワダッグ贔屓で、何だかよく解らないケチのしみったれでも、別に咎めたりはしないだろう。二鳥ということでは、これはケニアの林の死者の霊魂に着想を得た戦士の名前だ。反植民地主義者、反帝国主義者、第三世界主義者、それに汎アフリカ主義者でもある戦士。こりゃ、革命家だ。もうたくさんだ（バスタ）。決して許さない（ノー・パサラン）。要するに、ラスタファリアンってわけだ。ぼくらは、偉大なジャーの男（アイ・ジャー・マン）、戦士の男（マン・ア・ウオリアー）と一緒に歌うことができるだろう。行こう、青年よ！　音楽の前に（アヴァンティ・ラ・ムジカ）。

サリーヌ劇場は、その梁間、ほとんど四角のその舞台、港に面するその階段席、その円形劇場の風采ともども、ぼくが生まれるかなり前に日の目を見ていた。そこでは、ローレルとハーディ〔アメリカのお笑いコンビ〕の映画、チャーリィ・チャップリンの色恋沙汰（その結果、近隣の地区の大勢の子供たちがアヒルのような歩き方をしたり、あるいは少しボケた格好をしたりして、シャルロ〔チャップリンの愛称〕のあだ名をもらっていた、ぼくもその何人かを知っている）、それにペレ（丸いボールに非常な才能を見せた者たちのニックネームについても同じ）のたくさんの快挙が放映されていた。そこでは、同じく共和国によって長く顧みられなかった民衆の子供たちも教育を受けていたが、彼らは映画を見るには劇場の壁を乗り越えるしかなかったので、急いで官舎から派遣された三、四名の警官をカンカンに怒らせていた。下方には、劇場の名前にもなった有名な製塩場（サリーヌ）があった。だが、何たることだ、ああ、三度ほどそう言いたいのだが、居心地の悪い場所で奴隷のような給料で働いていたこの国の製塩労働者たちは、その設備をフランス南部に整理統合するという親会社のサラン・デュ・ミディの決定に続いて、消えた。アンゲラという健康増進住宅地区が、七〇年代の転換期に、マルセイユの企業によって、見捨てられていた——かつては泥んこだった——この土地の大部分に建設された。これらの歳月を通じて、首都は飛躍的に大きくなり、すべての空地、すべてのオアシス、祖先がなお横たわるほこりだらけの墓地のすべての片隅、隊商が跪くのを習慣としていたすべての四つ辻は、公共の照明事業のためにセメントと電柱で覆われることになった。いま、ジブチ市の眼差しは、藻のようにゆらゆらと揺れている。ぼくらが地区のささやかな庶民たちに向けて演奏しているのが、このサリーヌ劇場である。

20　アリス

私はあなたのお父さんに出会った時、神話的なアフリカを求めていたわけではなかったし、ほかの女の子たちが大作家に夢中になるように熱烈な恋愛を求めていたわけでもなかった。本当のことを言って、私は何も求めていなかった、ヴィレーヌ川の畔で、退屈と取りとめもない夢想を引きずって生きていた、それだけだった。アフリカが私のところだけにひとりの大きな女の子のようにやってくるでしょう。ああ、かわいいサボテン君、それは反逆するアフリカではなく、何よりもまず西洋の良識のフィルターにかけられたニュース番組のアフリカ。スイスに口座を持つ独裁者たちのアフリカ、発育不全の子供たちと痩せこけた老人たちのアフリカ、飢饉と資源の恥知らずな強奪のアフリカ、惨めな住まいと白い歯のアフリカ、土地なき人々のアフリカ、ゲリラとアウトローのアフリカだった。アフリカについて語るいわゆる専門家が必ずしもその言葉に通じている必要があるとは考えない、そうした専門家たちのアフリカ。中国語でニーハオ、ワンシャンハオも言えない、そんな中国研究の専門家を想像できるだろうか？　ちょっと、本題から逸れたかしら。あの時代、とりわけあの年齢で、私はいつも湯気を立てていて、一触即発の情熱とともに暮らしていた。私は史学で学士号をうけ、それから、アフリカとフランス帝国についてそれまで教わったことに嫌気がさして、パリのジャーナリスト養成センターの入学試験をうけた。紅海の燃えるように熱い海岸に横付けする準備は、私が想像し始めているアフリカ、稀な堆積作用の史的ミルフィユ〔パイの薄い層の間にクリームやジャムを塗り、何枚も重ね合わせたパイケーキ〕をじっくり観察する準備はできていると感じていた。あなたのお父さんは私と意見が一致し、嫌々ながら友人たちのグループを離れた。彼は見る見るうちに成長し、普通なら何年もかけて跨ぐ歳月の階段を何週間かで突破したかのようだった。まだ植民地の束縛の下にある祖国に再びあいまみえるという展望が、彼を駆り立てていた――たとえ彼が、私たちが落ち着くことになった時、壁の両側に世間の噂と日常的な人種的偏見があるのではないかと危惧していたとしても。彼はパリでの生活の最後の数カ月をひとりの通りすがりの者のように暮らし、気軽にやって顔に最初の皺を生じさせ、お腹が少し出て来たようだった。彼はそれを気にしてはいなかった、というのは、ジブチでは、結婚し三〇歳を過ぎた男には、みんな、責任ある者、家族の長として、ほとんど年寄りに対するかのように話しかけて来るからだ。すぐに渡航のめまぐるしさがやって来た、最初の数カ月、私たちは、私たちが誰なのか本当に解らない。綱渡り芸人のように自信を持って、一つの家から別の家へ、一つの家庭から別の家庭へ、ひとりの友から別の友へと訪ねて行く。助言を聞き、またあまりおかしいとも思わずに同じ耳で様々の意見を、相矛盾する見解までをも集めた。私たちは、私たちが誰なのか、彼らが誰なのか、まったく解らない。すべてにすっかりいい気持になる――地方を訪ね、都会を縦横に行き交うことに。本物の生活、ってわけ！　が、この感情は長くは続かない。やがて、私たちにはできあいの住まいが設えられる、私たちはみんなにじろじろ眺められる混成のカップルだ。ひとりの夕べ（あるいはその必然的帰結としての、退屈な夕べ）、私は思わずしゃくりあげ、夕暮れのあとで大きく開いたこの悲しみになお立ち向かっている自分に気付く。彼のためなら、苦しみだって、屈辱だって、すべてが正常に戻り、彼の家族が彼を取り返したくなった時の心痛さえも、受け入れる用意ができている、と私は思う。私たちは、嵐の中に入ってゆくだろう――しかし活力に溢れ、強い気持ちを失うことなく。私は、この密かに進行する逆境の中では、私自身をよりタフにすることしかできない。胸の内の声が、困難な日々には、私に囁いたものだ――「お前は、この木霊と塵の大地に、ハエが集まって来て不快なダンスをしないうちに死者をいち早く埋葬するこの砂漠の取水地点に、何を求めてやってきたのか？　お前は、ここで、退屈と、日常の惰性と、勝ち誇ったような貧困から作られる空気を呼吸する。ここでは、誰もお前に大したことを求めないだろう。もし死がお前にやって来たら、お前はどこに墓石を据えるつもりなのか？　あの男とその同胞には、この世の終わりまで独りごとを言わせておけ」。私たちは、到着してから一月で、二人とも仕事を見つけた。官憲が自分たちのイメージを気遣ったに違いない。到着したばかりの、高等教育を修了したドミノ夫婦、これはそうざらにあるものではなかった――国土防衛委員会委員長のアリ・アレフ氏が、フランスと同盟関係にあるフランス語圏諸国の前途を握る男、ジャック・フォカールの助けを借りて、噂によればニームのやや間の抜けたフランス人女性を掘り出して来たということがあるにはあったにしても。一九七三年の九月に、私はまずブラオスの中学校で初めて教職に就き、あなたのお父さんは、空港への道に面してその門を開いたばかりの、地質学関係の小さな研究所で仕事を始めた。私は、共和国高等弁務官の指揮下では、ジャーナリズムに無難に携われるとは思わなかった。スポーツの結果を伝えること以外に、このような周囲の状況と何を共有できただろう。私は、借りているアパートを何カ月かのうちに買えそうだということに鼓舞されている同僚たち、そのほとんどがフランス人だったけれども、そうした同僚たちには頑なに口を閉ざしていた。心を開く、冗談でしょう。心を開いたとすれば、彼らは私を、狂った女、ほとんどテロリストの女、本国に向かう最初の貨物船に乗せなくてはならない間抜け女、と思ったことでしょう。私は彼らの眼の中に、猫かぶり、無気力、卑屈さを読み取っていた。私は距離を置き、彼らの目配せ、誘惑に乗るような種は決して撒かなかった。みずからの堤の上に留まり、とりわけ火に油を注ぐようなことは決してしない、植民地の右寄りの大衆を決して刺激しない、そして、ルシフェル〔サタンの別名〕の鼻面を撫でない。私たちは、初めのころは、官憲からかなりの距離を保つことによって、殺人的な武器の非情な口づけをうまく避けた。しかし予期していたように——恐らく、この点では、私たちは虚しい幻想を抱いていたのだと思う——、あなたのお父さんは、家族から、ちょっと前に故郷に帰って来たばかりの友人の幾人かからさえ、冷淡なもてなしを受けた。まだ軌道の定まらないこの国では、混血の愛、混血の面白味には機が熟していなかった、その子宮には繁殖力があるとしても、拘束衣や神経症的沈黙と引き換える以外には、子供たちを守ることは不可能だった。到着した時には、私たちは、みんなが互いの顔をまともに見据えて人間として話しあえる世界、南アメリカの人々が階級や人種や国籍の別なく、「オンブレ！」〔Hombre. スペイン語で、「男」、「逞しい男」の意だが、間投詞的にも用いられる〕と呼びかけ合うような、一対一で話しあえる世界を想像していた。悲しいかな、この国とその太陽は私を狂わせた。この呼吸停止の生き方が私をひどく取り乱させた。相変わらず待つ、隣人の、すぐ近くの縁者の、この夏にエチオピアから帰って来た男性の、親戚一同のおかげで漁場での事務職に就いたばかりの女性の、呼吸を覗う。待つ。待つ。私は、こうして待ちながら、祖先たちのいる国への彼の帰還について、ノートを一冊、書けたかもしれない。だけど、私の心の小さな波よりももっと重大なことがあった——それに、あなたが知っている通り、私は熱帯地方の女流詩人じゃない、それは一見して解るでしょう？　もちろん、みんなは私に予め忠告してくれてはいた、そうはいっても、実際に自分自身で経験しない限り、みずからの肉体で現実の具体的な厳しさを感じない限り、どうしようもないもの。アリ・アレフの手下たちは、この小さな植民地を絶え間ない圧政の下においていた——まるで、彼らの政治的助言者がまさにマラン医師と農業経営者イアン・スミス（この二人はどちらも、南アフリカにおけるアパルトヘイトの中心人物であり、探検家にして建国者ではあるが皆殺しの輩でもあったイギリス人セシル・ローズの名前から当時は南ローデシアと呼ばれていた未来のジンバブエの実力者だった）でもあるかのように。アフリカの地図の上で植民地という隷属の下にあるのは、ローデシアとプレトリアを除けば、もはやジブチ以外にはなかった。申し訳ないけど、かわいいサボテン君、私があなたにとっては別の世代のものである政治の実例ばかりを幾つも積み重ねているとしたら、それは、忌まわしく不安定で爆発的でもあったあの時代の騒ぎと怒りをよりうまく復元するためなの。それに、私は、ただフランス人女性だという理由で、植民者の最後の一握りの仲間だろうと思われるのがとても不快だった。私は足の先まで恥ずかしかった、あなたにもいつかそれが解るでしょう。あなたのお父さんの、友人と称するひとたちが避けたがる角のある家畜。私にはそんな不信なんかどうでもよかった、おまけに、私たちのすぐ間近に反乱の雰囲気があった。外人部隊が午後の終わりから要路と交差点を掌握していたとしても、下町の治安は悪かった。恐怖のリヒタースケールで言えば、私たちの世界は、噴火のような、地震のようなパニックの中で大きく動揺していた。肉と血の色をした世界。同時に、貧困の色をした世界。私は、到着してからの数カ月ほど、バスストップごとに、しつこく物乞いするあんなにたくさんの手、悪液質に罹ったあんなにたくさんの子供たちを見たことはなかった。それはエチオピアで猛威を振るう飢饉のせいだ、と宣伝機関は言っていた。要するに、カネ儲けとうわべの美しさの世界があり、そこでみんなは、金曜日の昼の大いなる祈りの際に、かつてのコブ牛のように見せびらかされる四駆の群れに立ち会っていた。アリ・アレフとその一味は人々の選別に身を入れており、排斥と追放がその掟だった。部族への、もっと正確に言えば氏族への帰属関係が、本人の名前とは別に身分証明書に明記される、そして、それでもまだ十分ではないかのように、彼らは、新しいタイプの人口を捏造し、この連中はソマリア出身だと独断でこじつけ、よそ者にしてしまった。内陸の部族の者や遊牧民たちは、ここ、つまり首都に来るためには、バルバラの堰を通らなくてはならなかった。この堰はベルリンの壁のミニチュア版だった。あなたが一言でも余計なことを言えば、破壊活動だと責め立てられ、植民地の唯一の高校——ついでながら、そこに通う者の大半は亡命者の子供だ——の裏手にある資料課に両手両足を縛られたまま運ばれる。で、あなたには二つの解決策がある——まず、すべてのイスラエルの罪〔聖書によれば、イスラエルの民は神の意に従うとの契約があってこそ、神から大きな愛と恵みを与えられているのに、それを忘れて、神に反逆する罪を犯し、神の最善よりもみずからの最善を優先した。転じて、ここでは、植民地の最高権力に対する反逆の罪を指す〕を告白すること。そうすれば、打ちひしがれてはいるが生きていて、知的には疲労困憊しているがなお生の欄干につかまっている、そして、放免されるわずかなチャンスがある。あなたは家に帰る。が、あなたが寝返りを強いられたということは、公然の秘密だ。それ以降、あなたは、秘密情報機関から給料をもらい、永遠に服従させられ、こうしてつねに神経をピリピリさせ、一匹の死んだ芋虫を前にしてさえ、そそくさと逃げ出す。もう一つの解決策、あなたは何も告白しない、犯罪の責任は一切ないとする。そうすればあなたの遺体が、ハラムースとロヤダの間で、あるいは町から二ケーブル〔一ケーブルは約二〇〇メートル〕のところで、畜殺場とブラオスの間で、サメに半ば食いちぎられ、海藻の筋に絡まれ、皮膚を塩に蝕まれ、最後の審判の太陽を目撃者として、潮のまにまに漂うことになるだろう。もちろん、白人の最高責任者の温情に敬意を表するために広く喧伝され、何時までも模範として引き合いに出される幾つかの例外もあった。何度も繰り返して、どこぞの良家の若者のことが語られるのだった。この男は、反乱の誘惑に駆られたのだが、すぐに友人たちの悪影響が炙り出され、そのウイルスが根絶された。この若者は水責めの拷問から奇跡的に救い出され、神にみずからの身内と認められ、相変わらず謎めいた主の道、道の果てでの復活、そして、ペチャクチャ、ペチャクチャ、があり、ひとたび俗世に戻ると、ヴィック・ルブルーつまりあの与太者じみた綽名を持つ男と同様に、海外領土から与えられる奨学金によって、研修の名目で、フランスに送られた。

大勢の有給の密告者がいたにもかかわらず、アレフ体制の二〇年間を通じて、民衆の怒りは爆発することを決して止めなかった。民衆は創造的な表現の術を見出し、それぞれのリンクがその役割を果たし、はっきりとしたリーダーなどはいなかったが、結果がそこにあった。そこには、一九六六年八月のように、それぞれの地区でバリケードを組み、石を投げて外人部隊の兵士たち追い払い、ガボデの刑務所を占拠し、鉄道を脱線させ、フランス製品とフランス人学校をボイコットし、諸々の税とパテント料を支払うことを拒否する民衆がいた。一時的にはすべてが落ち着きを取り戻したが、それから、ドラムもトランペットもなしに、展開がよりいっそう白熱した。屋根の上を、そしてデモ隊の頭の上を掠めて飛ぶヘリコプターの苛立たしい響き、催涙ガスの息苦しくなるほどの匂い、包囲される街、主要道路の封鎖、組合本部からの略奪、不当逮捕、生皮の鞭の一撃、無用の侮辱、国外追放、歩道に散らばる活動家の死体、すべてが再び燃え上がった。そして、再び静寂。この戦いのサイクルは、ほかの場所で、明日にも、自然発生的な怒り、地下活動、詩人や歌手のスローガン、群衆の仕掛ける罠、連帯の絶え間ない顔と顔を原動力として、再び繰り返されるだろう。群衆、それは、催涙ガスによってひどくやられた眼の痛みを和らげるための水を持って来てくれる老女たちであり、集めた石を男たちや前方に向かう子供たちに与える主婦たちのことだ——悲しみの聖母であるとともに、アマゾン〔好戦的な伝説上の女人族〕でもある女性たち。群衆、それは、祈りや信仰への立ち返りと同時に、不服従を呼びかけるムアッジン〔前出。九三頁の割注参照〕だ。群衆、それは、自らよりも強いものに対峙し、大地に打ち倒され、敵に飛びかかろうと再び起き上がる反徒たち――それは多くの場合、青年たちだ――の憤怒だ。群衆、それはまた繰り返しだ。つねに繰り返すこと。抵抗と希望は生のいずれの瞬間にも存在する。古い叢林の唄を蘇らせることだ、眠れるエネルギーを再び集め、結びつけ、連ね、目覚めさせ、系統樹を揺り動かすために。古い地下の掟がその鼻先を見せる。急襲、略奪、馬上からの砲撃、血の復讐、玉砕戦術――植民地体制をたじろがせ得るすべてのもの。高等弁務官とその地元の一味から眠りを奪うことだ。外の世界に通報することだ、敵の陣営の内部に支持者になり得る者を探すことだ。憲兵隊には、非常に遠くからやって来るうねり、その生命、その隆起、その変容、その希望、その新たな欲求を阻止することは不可能だ。沈黙、亡命、策略。誰にとっても何の意味もない国境の往来――遊牧生活の感情のほとばしり、移動性、相互援助、交換、分担、敵を悩ます力。イレダンティスム〔失地回復運動〕、イレダンティスム――高等弁務機関の長官はこう叫んでいた。そんなものはどうでもいい。愚かな言動には耳を貸さないことだ。在ること、存在することの香り。戦略的退却と本源への回帰。出発点へ、心の後背地へ帰ること――一枚の郵便切手の、あるいはほこりにまみれた一粒のキャンディの大きさでしかないこの植民地よりももっと大きな何か。ああ、最後の審判の夜が近づいている。私たちは外気にそれを感じていた。対峙する陣営の意欲が低下していることに、それを感じていた。始まりはすべて抒情的だ、続きはそれほどでもない。こうした抵抗の中には、抒情的でカーニバル的なものがあった。みんな、未来を突き動かし得る巨大でダイナミックな力を感じていた。こうした庶民たちが、密かに、共和国的価値の名において、フランスすなわちポンピドゥーの共和国を普遍的良心の法廷に召喚しつつあった。

21　アブド＝ジュリアン

「林やサバンナや砂漠(エルグ)のただ中に、荒れる海の向こうの赤い燠の町々に、シャクガがじゃれ飛ぶ芳しい丘の上に、幸福と呼ばれる見た目にも温かい鹿毛色の美しい獣が暮らしていました」――カンカル〔ノルマンディ地方、モン＝サン＝ミシェル湾西方の港町〕の船乗りの作と見なされている諺、「口に言葉を持つ者は世界中で決して道に迷うことはない」によってしばしばみずからの戯言を締めくくったブルターニュの物語作家マリア・ケルマデックは、こう書いた。ママンの諸々のレコード、暑さのせいで反ってしまった古いビニール樹脂は、いまではそのキャンディ・ピンクのポシェットから出されることは稀だ。ヒッピーの王妃たち、ジャズの王子たち、ジャニス・ジョプリンとジミ・ヘンドリックス、マリアンヌ・フェイスフル、ブリジット・フォンテーヌ、ジョルジュ・ムスタキ、バルバラ（ママンのお気に入り）がそのプラスチックの包装の中にひっそりと閉じ込められて身動きが取れないでいるとしたら、それはママンの機嫌に翳りがあるということだ。パパについて言えば、そのレコード収納棚は非常に無骨なディープ・サウスのブルースのパラダイスを担当していて、サニー・ボーイ・ウィリアムソン、マディ・ウォーターズ、ボビー・ブランドがパパから特別待遇を受けている。彼の心を懐古に耽らせるには、カートは必要ない。オーティス・レディング、マーヴィン・ゲイ、スモーキー・ロビンソンが、いまだに彼の若返り薬だ。ママンがこの魔法の箱を再び開くためには、ちょっとした微気候が必要だ。長年の友人の来訪、レンヌの昔の女友だちからの電話、青春の思い出のガラクタ、その種の品々、といったものだ。もっと簡単なのは、一つのリフレイン。道すがら、むかし流行った唄でもラジオから聞こえて来れば、ママンがレコード・プレーヤーのほこりを払い、二〇枚ばかりある三三回転レコードと同じ数の四五回転レコードを一つ一つかけることになるのは確実だ。で、家全体が、すべての音楽を思う存分に元気よく歌うこうしたアーチストたちの耳障りな声に圧倒されることになる。たいてい、それは循環的に起こり、三日、四日続くこともまれではない。彼らが若かったころの音楽はその群れの士気に効果があるようで、パパは陽気になり、尖ったピンを持って闘牛士を真似たダンスのステップさえやり出すし、ママンはまず嬉しそうになり、それから緊張が突然高まり、ひとたびサファイア針がジャニス・ジョプリンのレコードの上に置かれると、ヒステリーみたいにスウィングし、ジャニスの真似をする。で、こうしたことは、皿の割れるおぞましい音で終わるということになりかねない。いうまでもなく、彼女は懺悔する死刑執行人のように喚く。隣人たちはしばし呆然とする――ハルビ・アワレと、「マダガスカルと属領」という古い一〇サンチームの郵便切手を収集していたブルターニュのあの物語作家の娘のアリスと、それからアブド＝ジュリアン、つまりぼくの、三人のあの家庭はうまく行っているのだろうかと訝しく思いながら。一七歳になる死産児であり、あなたが『巨人ゴーレム』の中に見るような悪霊（ディブク）の伝承の中をさすらう霊であり、アビク〔abikou. 幼年期に死んだ子供の霊魂を指すヨルバ語〕のように周期的にギニア湾岸地方に戻ろうとしている、臍の緒がイレ＝イフェ〔ナイジェリア西南部の都市〕に埋葬されている幼子（これは、ぼくらのところのシャフェク〔shaffeec.「アビク」と同じく、「死んだ幼児の霊魂」を指すソマリ語〕の標準からすれば異常な運命だけれども）である、このぼく。ぼくのことで言えば、ぼくの知っている事柄のすべては両親に負う。

これにあなたは驚くだろうか？

22　バシール・ビン・ラディン

いまでは内戦は現場で延長戦だ。大統領は死んだ者すべてに替えて、たくさんの動員兵を入隊させた。それに、スカッド2は交渉に言及し始めた。スカッドの司令官たちはすぐに、すぐに町に出かけて、肘掛椅子、エアコン、ラジオを探し始めてる。彼らは、仲間より先に肘掛椅子を集めようと、兎のように走ってる。そのスカッドの司令官たちだが、彼らは、彼ら反政府派のブーツを齧りかねないほどとても、とても飢えてる。大統領の方はしごく満足していて、負傷者たち、腕をなくした兵士たち、脚をなくした兵士たち、パパやママンをなくした子供たちに勲章を授けた。彼は、反政府派の負傷者たちも大病院に受け入れて、「永遠の敵」の側の副司令官と仲直りした。従って、いまは実際、平和なものだ、パリに避難した「永遠の敵」が、戦争はまだ終わっていない、スカッド2は買収され、堕落している、とわめいてはいたが。言っておくが、やつはいまに現場にスカッド3を派遣して来るだろう。まあ、それは正真正銘の事実だ、というのは、ランダ、アンバド、アス＝ドラ等々で、再び待ち伏せが始まっているからだ。だから、我々は、ディキル、タジュラ、オボックの軍営に、そしてマブラの山の中に押しこめられたままだった。我々は、一体にして不可分の国民の主権と利益を守るための防衛の柱となっている（オン・フエ・ピリエ・ド・デファンス・プール・ソヴガルデ・ラ・スヴレヌテ・エ・レ・ザキ・ド・ラ・ナシオン・ユニ・エ・アンディヴィジブル）——これは外務大臣の大そう豪勢なフランス語だ。ということで、すべては我々にとってそんなに悪くはないんじゃないかな？　こういう風におれは、仕事をつづけてるしな。仲間もみな、寛いでいる、我々はアデルー〔タジュラの最も大きな村の一つ〕のフセイニ（ピンクの錠剤を売買していたが）のような、タッチラインで死んだ仲間のために大いに泣いたあと、暇をつぶしてる。みんな、その錠剤がモガディシオからダイレクトに来てるのを知ってる。あそこではみんなが錠剤をあまりにも好きで、だから野蛮な戦争を続けられるんだ。まともなんだろうか？　しかし、自分のものを丸出しにしながら、ほかの雌猿のあそこにイチャモンをつけてても仕方がない。ソマリア人にはやつらのゴタゴタがあり、我々にも我々の問題があるってことだ。世界のすべてが言う——ソマリア人もアフリカ人も、彼らはすべて、つねに内戦をしている野蛮人だ。いや、ちがう、我々のことを解ってもらいたいんだ。あの政治屋連中がすべての飯盒と鍋セットを持ち帰ろうとしてる時に、お前はいったい何をしたいんだ？　やつがお前のうなじの皮を食いものにしてる時に？　お前は銃を取る、それだけだ。我々は快適ではないんだ、別荘も、車も、有給休暇もない、フランス人、イギリス人、アメリカ人、それにノルウェー人（彼らは、NGOにカネは出すけど口は出さないんだから、大したもんだ）とは違う。おれは言っておこう、もし太った白人がおれと交代したいと言うなら、ただちにやってもらおうじゃないか、そうしたら、おれはそいつの女房と娘にねじ込みに行く。それがおれたちの民主主義だ。おれはおれの部署を与え、そいつはおれの部署に就く。それからおれはそいつの女房を抱く。平等、ボールはミッドフィールドにあるってことだ。もう少しまじめになれ、人権、女性の権利、赤子の権利みたいな話は止めよう。我々にも、快適な生活への権利はあるはずだろう？　我々の汗を搾るのはもううんざりだ。動員兵だって流星に見惚れてみたいんだ、もっとも、「来て、あなた、ここに来て、ずっと待ってたのよ」なんて、甘いシャンソンを彼らに歌いかける曳光弾を目の当たりにするのはごめんだが。動員兵って、老いたラクダ、あまりにも老いたので家族が殺して食べようとするラクダのようなものだ。老いたラクダは、キャンプのリーダーに言う――「私は生涯を通してあなたのために働きました。私はあなたのテントと商品を運搬するために、歩き、歩き、歩きました。あなたは私の背中をとても利用しました。あなたはいま私の肉と骨とを食べたがっています。そのあとでもなお、あなたは私を利用するつもりなのでしょう？　私の皮を剥いで、それで靴を作るつもりなのでしょう？」。つまり、動員兵は、誰もが若いということを除けば、この老いたラクダのようなものだ。それだけのことだ。おれの眼に涙を溜めるのは止めよう。余談は終わりだ。

いま、現場には、スカッド3だけでなくNGOもいる、薬を与えて反政府派を助けようとしてる。それは、オーケーだ。だけど、AML（これって、軽機関銃装備の装甲車両だ）やバズーカ砲も与えようとしてる。これって公平じゃない、っておれは言うんだ。NGOはオーケーだ、彼らが多少、反政府派を助けるのはいい、しかし言っておくが、多少なりとも我々も助けるべきだ。それが公平ってもんだろう。弟のひとりに飯を与えるなら、別の弟にも飯を与えなくちゃ。この件については、おれは、どうもすっきりしない。NGO、彼らは住民に食料を運んでるだけだと言う、しかしその陰に隠れて、彼らは強力に支援してる。我々は、青い旗を付けた白いトラックの中に中国製の榴弾を何箱も隠していたその道のプロの白人女性を捕まえた。だから、大統領が怒り狂って机を叩くんだ。大統領は叫んだ――私はもう現場のあのヒューマンなにがしとかいうNGOは見たくない。もし諸君がやつらのひとりでも捕まえたら、その場で始末するんだ。で、おれは個人的に、その組織の本部に、そいつの両眼の間に打ち込んだ弾丸の請求書を送るつもりだ。これからは、この類いのやつらは背中にみずからの柩を背負うことになるだろう。それについては、おれは万歳だと言うんだ。万々歳だ。我々は、老いた大統領が言ってることは冗談ではない、と解る。それは砂漠の空のように澄んではっきりしてる。

23　アリス

七〇年代のごく初期に、ヴィック・ルブルーと呼ばれ、ヴィクトールあるいはもっと一般的には「リールの男」(彼は、もう少しでこの海外領土から本国に送られる最初のサッカー選手になるところだったので)という異名も取ったアブドゥワヒド・エゲは、当時は二部リーグのチームだったこの北の大都市のクラブで、二シーズンしかプレーしなかった。忍耐してやり続けるということが得意ではなかった彼は、密かに郷里に戻った。いうまでもないことだが、無類の輩のワヒドは期待されていたレベルにまでは達しなかった。しかし、リール市と彼との間には、少なくともその当初においては、激しいラヴ・ストーリーがあった。だが、それがすべてではなかった——別世界へ旅したにもかかわらず、彼は伝説的な無頓着さと屈託のなさを失わなかった。ヴィック・ルブルーは、いまでは、第四地区の家族の住居を離れ、ヘロンの丘でほとんどの時間を過ごし、トリトンの海辺で何時までもペチャクチャと話しつづける新人類である。機嫌の良さ以外には取り柄のないギャングのリーダーとして、彼はシネ(中国人のごろつき)およびその仲間と付き合い、オリンピア映画館のすぐ近くの売店ル・

クロシャールの前で時間を潰している。あらゆる社会階層――彼が一年を通してずっと見張っている国外からの移住者たちのところだけではなく――に苦もなく入っていけるというのが自慢であり、それに、罵りの言葉と北フランス訛りが随所に聞き取れるフランス語に加えて、世界のこの片隅で通用する三つの言語〔ジブチでは、アラビア語、ソマリ語、アファール語の三つの言語が話されている〕を話す。夜遅く、ヴィックとシネの一味のすべてはミック＝マックという怪しげではあるが首都では非常に活気のある場所、ダンスホールとナイトクラブと娼婦バーの中間みたいな場所で落ち合う。ダンスフロアで、ヴィックは、甘い目つきに猫のような足取りで腰をくねらせる。笑いと戯言と巧言の間で、彼は、フロアの王様であり、小さなイスラム国家を牛耳るパシャであり、煙草とビールのホップの匂いの波間を航行するシンドバッドである。しかし、注意深い眼さえあれば、恐らく彼の脆さを読み取れるだろう。彼については非常に重大なことが言われている。彼は秘密情報機関から給料を貰っている潜入工作員だ、と。リールから帰ると、彼は、極めて確かな者から援助をうけた。彼の臍の緒は、本当にそれを厭わないのならば、第四地区あるいはアンゲラの近くに探すべきだ。彼がこの地域をほとんど完璧に知っているということは、この不確実な時代にあって無視されるべきではない。泡を思わせるような噂によって特徴づけられる、暗黒街についての彼の百科事典的なおしゃべりは使えるかもしれない。ド・ゴール大通りにある士官食堂で何度か偶然に彼と会ったことがあるフェルディナン・ヴァロムブルーズはそう確信している、彼はアリ・アレフの影の男であり、汚れた仕事のエキスパートでもあった。彼らは、四つの眼で見詰め合いながら、長々と値踏みしあう。ある蒸し暑い午後の湿っぽい倦怠の中で、彼らはハイネケンのグラスをカチンと鳴らした。ヴィックの顔には金鉱のような輝きが浮き出し、ヴァロムブルーズの方は一八〇度の角度で頬笑みながら、その日に設定されていた別の仕事のために持ち場を離れて行った。
ヴィックに託された最初の任務は、子供の遊びのようなものだった。二、三人の建築塗装工を見つけて、学生たちによる周知の反乱によって血で覆われた師範学校の壁を白くすることだった。作業が完了すれば、みずからのステンドグラスにサインするルネッサンスの画家に多少なりとも似た要領で、彼は、壁の一角に、いつもの署名を、もっと正確に言えば頭文字（ヴィック・ルブルーだからＶＬ）を残すことになるだろう。もっとありきたりの言い方をすれば、この署名は諜報員の間のカバラ的なサインである。

非常に若くして、ヴィックは彼らの厩舎に加わった。彼は、彼らのどことなく策士的なスタイルに見惚れ、とりわけ彼らの危険な遊び、ばくち的な趣に惹かれた。山の手地区での彼らの毎日の行動は決まっていた――ヴィルールバンヌ国立学校を出たての風紀取締班の凄腕刑事、オマール・バシェとグールマッド・ロブレが密かに作成した報告書によれば、こうだ。一六時頃に彼らはトリトンの海辺を離れる。一七時には、エチオピア人の元街娼が経営する闇のバーでソーダとビールの小瓶を飲む。時計の針が文字盤を一周すると、彼らは、コカコーラの瓶詰工場の正面にある工業港の近くで涼む。二〇時には、海岸道路――まさに現在のヴニーズ道路（イタリアの援助政策の賜物）の場所にあった――を、いつも二人が組になり、互いに三百メートルずつ離れて、煙草を吸ったり、大股で歩いたり、あるいは逆に歩を緩めて立ち止まったりしながら移動する。彼らは、ヘロンの海軍基地に帰るために小走りにジョギング中の軍人たちとすれ違う。幼稚園の巣箱よりももっと騒々しい徴兵された兵士たちが、離れたところから、彼らを遠慮なく挑発する。ウインクであり、クスクス笑いであり、溜息だ。第一八八航空分遣隊の標示板を付けた幾つもの車両が、沼沢地でスピードを落とす。視線が、神経質な笑いとともに、あらゆる側からやって来る。雌馬のような女たちがからだを左右に揺すり、気を揉ませる。二〇フラン硬貨に似た新月が石炭のような空に輝く。時おり、民間の車のヘッドライトが港の狭い通路から不意に現れる、雌馬たちが歩みを緩める、歩道の上であるいは街灯のかさの下で目立とうとする、たわいもなくじゃれついて、あらかじめ買っていたミコのアイスクリームをしゃぶり、あるいはアイスクリーム・コーンを食べながら、海からの平和なざわめきを前にして……。

24　アワレ

夜の木は密かに成長し、その影が広がったり縮まったりするのを見て、昼と夜とを一息で飲み込む。旅人の木は、人間から猛暑の重荷を軽減してくれる正真正銘の戸外のハンマーム〔伝統的共同大衆浴場〕だ。モンスーンの木〔モンスーン地帯に生じる常緑広葉樹〕は霧吹きになり、香水吹きになる。先祖の霊は、それに月桂樹を加えてホサナ〔神に救いを祈願する叫び〕を編み込んだ。町の棕櫚は、正午にメネリック広場を千鳥足で歩く白い制服に多少の影を提供する。昨日と同じく今日も幸せそうに、マングローブの木は、その翼の下に、泥だらけの蟹、ヒル、節くれだったウナギを宿らせている。海の木は、六放珊瑚、うねりにそよぐ海綿動物、賑やかな紅珊瑚——これらはまるで海のオーケストラだ——を守っている。ここでは、大地もまた、地震の追憶、地面の上昇運動と下降運動、湧き上がるあぶくで、みずからの歴史を書く。六放珊瑚の礁は、海によってあるいは全知の太陽によって語られるさまざまな物語である。山の木については、お前はそれをもっと北の方で見るだろう。干上がったワジ〔雨期にしか水が流れない川〕の木が顔を鞭打つ。小石の木は、砂岩の景色を緑の筆遣いで区切っていく。風の木、右に曲がり、左にくねる丘の巡礼者。砂の木は靴底の下で微笑んでいる、これについてはほんのちょっと気にとめるだけでいい。ここではみんなが野原を肥やすために牛の糞と蟻塚の土を使うということ、月の木々の唄がその野原から立ち昇ってくるということを、お前は知っているか？　下生えの低木は、ラスタファリアンたちの心の中にいまも生きているジャマイカの逃走する黒人奴隷、伝説的英雄アコンポンの生命を救った（「お前は奴隷か？（アー・ユー・ア・スレイヴ）」、「いや、私はエチオピア人だ（ノー・アイ・アム・アン・エティオピアン）」、「バビロンをぶっ潰せ（ダウン・ウィズ・バビロン）！」、「ハイレ・セラシエ皇帝、万歳（ハイル・ハイレ・セラシエ）！」、濃い髪と美しい声、そう、天使のようなわしの孫、お前が昨日も囁いていた蜜のような声で、ラスタファリアンがひとり、そう叫んでいたのだ。わしは、お前がそれらすべてをどこに探しに行こうとしているのか、訝しく思っていた）。世代の木は、とりわけ、ランタナ〔熱帯産のクマツヅラ科ランタナ属、七変化とも言う〕という以上に、ベンガル菩提樹〔枝から多くの毛根を出し、それが根づいて一本の木が林のように見える〕だ、もちろん。お前の胎盤の木、お前の存在の母体、お前の来るべき将来の萌芽は、家の庭にしっかりと埋められている。それから、記憶の木だ、何だと思う、当ててごらん？　サボテンだ。お前のことだ、かわいいサボテン君。

25　バシール・ビン・ラディン

いま、非常に良くない情報がある、これをみんなに耳うちすべきかどうか、解らない。スカッド3がまた、ア＝ゼイラ、ボリ、リプタ、ヴェイマなどで軍営を奪取した。こうして反政府派が地の利を得ているので、我々は補給のために、しばしばヘリコプターを使っている。デイ、ゴダ、マブラ、こういったところはすべて山また山だ。得点はと言えば、一対〇で反政府派の勝ちだ、お解りかな？が、まあ、それほど深刻ってことはない。ある日は政府軍が勝ち、次の日は反政府派だ。同じことの繰り返しだ。フランス人の審判はタッチライン上で試合を見てるんだ。てめえ、やつらばかり助けやがって、地雷原から外に出てろ、いやなら、つべこべ言わずに黙ってろ——みんなが大声で言った。で、審判は顔にとんまなばか笑いを浮かべ、あまりにも食べ過ぎた輩のような冴えない表情で、すぐに、すぐに出た。出て行って、フランス領事館に隠れたんだ。そこからやつは、滑稽で大層な言葉を並べるんだ——裁判ぬきの処刑、拷問、強姦、不当逮捕、子供兵士、ポグロム〔pogroms. ロシア語。帝政ロシアで頻発した、集団的なユダヤ人虐殺のこと〕（これは妙な言葉だ、フランス語ではほとんど使わないだろう）、粛清、残虐行為、大量殺戮、民族浄化、などなど。やつの話は面白い、何か薬の名前のように聞こえる。医者なのか審判なのか、選択しなくちゃな。そんなの、おれの知ったことか――やつはもう出て行った。良かったんじゃないか、やつはもう安全なところにいるんだし、それにラインオーバーしたボールもすぐにグラウンドに戻って来てるんだから。

さて、お前が知ろうとしている非常に良くない情報、オーケーかな？ いや、アッサゲラの戦闘で勝ったスカッド3の話ではない。いや、いや、白人の卑怯な審判の話でもない。冴えない情報、それは動員を解除された我々の友人たちのことだ。お前はもう動員解除兵のことは忘れてると思う。動員解除の件はうまく運ばない、というのは、政府が制服を脱いだ若者たちにカネを与えるのを拒んでるからだ。政府はきっぱりと拒むわけではないが、待たせすぎる。要するに、ブラジルが試合が終わる一五分前に三対〇で勝ってるようなものだ。動員解除の一件の前に、兵士たちの頭をカッカとさせる移動の件もあった。動員解除兵の中には、足がない、脚もない、手もない、それに臀で歩いているのもどっさりいるんだ。以前は敏速に走り、ブルース・リーのように素早く殺し、若いガゼル〔ウシ科ガゼル属の哺乳類の総称〕を撃っていた元兵士はあまりにも惨めだ。動員解除された我々の友人たちは頭に血がのぼっている、当然じゃないか？ だから、彼らはポケットに榴弾を入れて、司令部を攻めた。これはジブチ市内で最大のスキャンダルだ。老いた大統領はクーデタを非常に恐れていた。見下げ果てたやつだ！ で、軍隊が、スト中の動員解除兵たちを攻撃し、バルバラと第七地区の二番地とで、それぞれ一〇人ずつ殺した。神に誓って(ワラヒ)、これはあまりにも不当な仕打ちだ、というのも、軍隊は、自分たちだけでは領土を支配下におくことができない時には動員兵たちに助けてくれ、助けてくれと言いながら、いまになると、カネを要求する哀れな動員解除兵たちを殺す。次は、我々の番だろう。獰猛な戦士のモラルで覚悟を決めておかなくてはならない。このたびは我々の友人たちがノックアウトをくらったかもしれないが、次の回は我々が判定で勝ってやる。いまではジブチ市は、もう恥も外聞もなく、動員兵を脱走兵と呼んでる。わが脱走兵の仲間が、大きな耳でそれを聞いてるだろう。不快指数5だ、とおれは言う。市は頭か何かを失くしたんだろう、さもなければ、老いた大統領の気が違ったんだろう。世の中が逆さまになってる。てやんでえ、脱走兵はテメエらだろう。次は、我々の番だ。その時には一波乱あるぞ、おれは、太くて低く燃えあがるようなキングコングの声でやってやるからな。五度の祈りを欠かさず、立ったままでアメリカ人たちにもねじ込めるビン・ラディンの約束だ。

26 アリス

アンブリのワジを越えるとすぐに、バルバラ灯台の光線の束が行く道を教えてくれるだろう。夜がインクの色だとしても、灯台の点滅する光線の束に沿って、その間に車の跡――これは取るに足りないものではない――を避けていれば、問題はない。あなたは分譲地にたどり着くだろう、間違いなく、多くの者はすでに眠り、ある者たちはいびきをかき、ある者たちは素晴らしかったカートの集いのあとで遠のいていた眠気を見つけようと寝床の狭いマットの上で頻りにからだを動かしているだろう。別のある者たちはラブラドル・レトリバー〔イギリス原産の鳥猟犬で、警察犬、盲導犬として用いられている〕のように丸まり、また別のある者たちは急造のモスクの中での祈りの列のように、肩と肩をくっつけて互いに身をすり寄せているだろう。あなたは、あなたの粗末な家に着くと、ベッドの中で手足を広げる――「広げる」というのは、スプリングが消耗してタタミよりもむしろハンモックを思わせるすり減ったベッドや煙草の紙のような薄いボトムのことを思えば、かなり大そうな言葉だろう。要するに、あなたはそこにばったり倒れ込む。眠気はすぐには、それにしばらくはやって来ない、あなたは三〇分単位で昼間起こったことをフィルムのように思い起こすだろう。それぞれの活動を、それぞれの出来事を詳細に検討する。記憶に留め置くべき興味深いことは何もない、人生なんてこんなものだろう。あなたは羊の数を数える、あなたには、飛び去るように駆けて行く夜を捕まえる時間はまだ十分にあるだろう。あなたは回遊する星々の方に眼を上げるだろう。ヒトコブラクダの厚皮の上で旅し、謎めいたトンブクトゥ〔マリ中部の町の名前だが、一般に遠隔地のことを言う〕に近づく自分を想像してみる、さもなければそれは、パルミラ〔前出。八一頁の割注参照〕とその周辺の砂漠だろう。何をしても無駄だ。やがて夜が明けるだろう。灯台の光線の束はそのロンドを終える。あなたは起きる、しかし、すぐにではない、視線が周りの闇を追い払うのを待つ。あなたの意欲は蝋燭のように衰え、筋肉は混乱し、腱はめちゃめちゃだ。あなたの努力はすべて、眼に見えない力によって、あなた自身の奥底に潜み、努力を断ち、エネルギーの迸りを台無しにしてしまう力によって、ネオンのほこりにされてしまうだろう。切断された両脚に幻の疼痛を感じる者のように、あなたはみずからの下肢を確かめるだろう。脚は胴体に繋がってそこにある、しかし脚は、あなたに従うことを拒否するだろう。あなたはあなたの監禁の高さとサイズとヴォリュームを計ろうとしているのだろう。欲求はそこにある、しかし動きはない。身体の状態について、あなたは眠れない夜に固有のデジャ・ヴュの一つだと思う。これがドゥバアブ、要するにカートのない日に瓶から出てくる霊なのだろうか？　確かなことは解らない。新しい一日が、あらゆる点で前日と同じように、あなたを待っている。そして、それはあなたを幸せにはしない。

どうしてあなたは意味もなく私に微笑みかけるの？　私がうまく話せていないのかしら？　坊や、むしろこう言わせて。私たちが話をする時にはね、良く聞いて、愛する坊や、〈薔薇の蕾〉君、〈私の最初の絵本〉君、そう、私たちが話の流れを順々に展開する時には、そのすべては、各部分の繋がり、シークエンスの挿入、偶然的な要素の発生、それにカタログ的な列挙とかシリーズ的な措置の適切な使用にかかってるの。最も自然な順序が一目瞭然、っていうのは稀ね。紆余曲折を経て、概算を重ね、断続的な慎重さをもって、要するに何度もの繰り返しを通じて、形になる。語りの声が互いに押し合い圧し合いするなかで、私たちはそれを御すパワーを捕えなければならないということ、それだけ。噛んだり消化したり、切ったり貼ったりが、時には有効かもしれない。慎ましい細部を無視してはいけないわね、アルプス山脈の急流の源はちょろちょろとした小川だし、ナイル川の騒然とした流れもブルンジ共和国の奥地にある申しわけ程度の沼がその源でしょう？　この下界で私たちがいかに小さくとも、私たちの心臓がいつも遠くの星々とともに鼓動しているということを忘れてはならないわ。私たちは星々を漁る漁師として生まれた、あなたはそれをどう変えたいって言うの？　無限の遠方とすぐ近くとを結び付け混ぜあわせている私たちのからだは、そんなことをすれば、エネルギーとパワーの蓄えを失ってしまう。私たちの信仰はあたかも煉瓦と沈黙で作られているかのように不滅です、言葉の氾濫から遠く離れて、忘却と沈黙の中にいまだに埋没させられているものから遠く離れて。あなたの母親代わりの女たち（この国の言葉では、叔母さんたち、と言うのだけれども）の間では、頭の形によって、しばしばそして確実に、その内部にどのようなタイプの夢や空想あるいは計画が形づくられているか解る、と言われているでしょう。それは本当なのか、錯覚なのか？ 私はいろいろな頭のタイプを知ってるけど、それについては肯定も断定もできないわ。二つ分の頭を持ってる人たちさえいます。彼らは精神異常者と呼ばれ、彼らの心の花は、多くの天と地に撒き散らされています。暗い考えが過剰で、息が詰まり、苦しむ頭脳があるかと思えば、別の頭はブルターニュの静止した海のように永遠に凪いでいて、ぼうっとして空のままです。不調和、新鮮味、あるいはイメージの正確さ——決定するのはあなたです。腕力と策略のジョスト〔中世ヨーロッパの騎士の一騎打ちに始まり、国際ジョスト連盟がルールを定めたスポーツ競技〕に、四方八方に、遠くはるばる天界の龍の国（私たちの言語——半ばブルターニュ人である私からみても規範的なフランス語——では中国と言います）にまで普及する「言葉のオワリ」〔オンラインのボードゲーム〕に耽る者がいます。砂の国の些細な出来事のすべてを収集しようとするトルコ帽の男たちがいます。アフリカの研究者たちもいれば、素早く掻き集められるエヴィデンスのハンターたちもいます。みずからの歯とすきっ腹の間に希望を持つほかの輩も。次々と絶えず人から人へと伝えられるさまざまな物語が、彼らの人生を救い、彼らを社会的な昏睡状態から引き出し、彼らの無気力なからだに熱烈な血を注ぐ。それゆえに、彼らは、ピラミッドに入るように、書物や物語の中に入って行く。私たち人間の運命は、社会的勢力あるいは産業革命によってではなく、夢の交流によって、想像力によって維持されています。彼らは、ひとたび涙の門を越えたと思えば、夜、太陽の扉にぶち当たる。それでも遠くに、遥か遠くには喜望峰がある、その楽園の香り、その十分すぎるほどの食糧、その絶えざる宴、そのフルーツサラダ、その溢れ出る果汁と蜂蜜、その月桂樹のソープ、そのあらゆる病苦に対するローション、そのアフロディテの木々の林、その道程の下生え、その蔓のキヅタ、その野生の葡萄、その気前の良いオリーブ、その実が一杯の堂々たるナツメ椰子、その死に向けて果敢に突進した若き殉教者を迎える幻想の木イチゴ、そのスコットランド・アザミ、その南海の芳香、その隆起する山々、その優美で滑らかで微かにざわめく青春の泉、その快楽のアブラカダブラの、喜望峰があります。でも、こんな話をして、あなたをすっかり混乱させているような気がします、ごめんなさい。

27　アブド＝ジュリアン

パパの顔には、厄介であると同時に脆い何か、食糧難と不安の歳月に負う何か、幼年期に遡る何かが、それに、思うに、眼の中には虚無の呼び声がある。毎晩、彼の一日の話、かなりありきたりな一日の話が、最近、ぼくらの耳には奇妙に響く。まず、言葉――執拗に追い回されている男の、傷ついた魂の言葉。次に、口調――哀歌の口調。みんなは密かに心の中で、どれほどの活力がこのすらっとして控えめな男に残っているのだろうかと訝る。このあたりの者の大部分は大いに彼に敬意をはらっており、彼を無視する者は彼の足もとにも遠く及ばない。黒人に白人、ぼくのような栗色の人たち、昼間の誰かに夜の亡霊――家には、あらゆる種類の、そしてあらゆる境遇の人々がやって来る。そこに密かに出入りする敵側の人間たち。コーランの一一四章〔人々章――「御加護を請い願う。人間の主、人間の王、人間の神に。こっそりと忍び込み、囁く者の悪から。悪は人間の胸に囁きかけるのだ。その声がジンのものであろうと、人間のものであろうと」〕の暗唱者たち。パパは、彼らの不平不満を聞き、しばしば、必要以上にカネを与えた。先祖たちもまたそこに、日が暮れるとこっそりとやって来た。ぼくらと同居し、決まった時間に中庭を通る霊の数々――些細な砂の渦が彼らのあとについて行く。彼らの通ったあとには何時間も匂いが残り、彼らの食器の触れあう音が聞こえることもある、パパはぼくらに彼らも台所仕事や雑事をやっているのだと言う。その道に通じている必要はない、耳をすまし、眼を大きく見開くだけで十分だ。これらの霊と向かい合うのに、ランボー広場で見ることができるような荷車の引き手の如き力はいらない、彼らは皆、穏やかで、ぼくらが盲目で、彼らがやって来るのが解らないということを知っているので、ぼくらを避けてくれる。みんなは、彼らが卵の殻のようにぼくらを押し潰さないためにあらゆることをしているのだ、と言う——運悪く彼らを不意に驚かせでもしない限り。不意を突かれた場合には、彼らはあなたを平手打ちにせざるを得ず、その平手打ちはあなたをただちにあの世へ送りかねない。だから、ぼくらの中の多くの者が、明け方、眼を赤くして、放心し、唇によだれを垂らしたまま、見つけ出される。みんなは、ジン〔アッラーが火から作った鬼神。性別、善悪の別があり、姿を変えたりして人間に超自然の力を振う〕のハンターであるシャイフ〔イスラム教の霊的指導者〕に助けを求める。が、シャイフはつねに何も、あるいはほとんど何もできない。こうして、不運な犠牲者は日々を窮屈によたよたと過ごすか、あるいは床を離れられなくなる。その生活はもはやネズミとゴミの間の赤貧であり、余生でしかないだろう。気が遠くなるような臭気だ。ネズミについて言えば、彼らは、睡眠中のあなたにそっと触れると言う——あなたは彼らがあなたの上を通るのを感じる。最も大胆なネズミは、あなたのざらざらした足の肌を齧り、あなたを楽にするためないしはあなたを眠らせたままにしておくためであるかのように、噛んだばかりの場所に息を吹きかける。あなたが明かりなしで、あるいはもっと折悪く蚊帳なしで眠る時には、足指にご用心、彼らはあなたを血が出るほど齧るかもしれない。が、噛歯類の鋭い鳴き声や蝙蝠の翼の擦れ音にイライラさせられたとしても、彼らを殺そうとはしないように。先祖はそれを禁じた。彼らとは永遠の太古から血によって繋がっているからだ。外では、燠火あるいは耐風ランプの明かり、それに庶民の喉鳴りの音だけが小路に響く。あなたが取るべき最善の策は、慎重に日々の澱を取り去り、夜明けを待ち、祖先に祈ることだ。子供だけが、特に少年だけが——彼らは、雄羊の尾の中に溜まる脂肪と同じ価値を持つ、富の源と見なされているので——願いを聞き入れてもらうというささやかな幸運に恵まれる。翌日、ぼくらは、嘘つきで賽のハイエナが、その通り道から何もかもすべてを持ち去らなかったかどうかを知るだろう。翌日、ぼくらは、ルンペンが、祖先の霊に願いを叶えてもらえなかった数多くの、非常に数多くの者のために何かをすることができるかどうかを知るだろう。飢餓の干満によって、土砂がオアシスの窪地に堆積するように、市中に次々と沈殿するルンペンが。パパは、祖父のアワレから聞いたという話をよくしていた。みんなは、銘々の心の中で閉じている七つのスイレンをうまく咲かせることができるようにと、ベンガル地方の神秘的象徴であるルンペンに施し物を与えていたという。この話は、あの「紅海のフェニキア人」と言われているイエメン人たちによってぼくらのところに伝えられた。

28　アワレ

わしもまた、遠くから戻る。わしは、砂礫を、砂やエルグやレグの砂漠〔「エルグ」は岩石の砂漠に対応する砂の砂漠、「レグ」は小さな礫が敷き詰められたように堆積した砂漠のこと〕を、禿げた山腹を、ヒトコブラクダのコブのように丸い砂丘を、行き来した。わしはワジの河床に生えるギョリュウ〔ギョリュウ科ギョリュウ属の低木の総称〕やアロエの樹液で渇きを癒した。たわいもないものがわしを満足させた。砂漠の沈黙の中に引きこもり、わしは氷河のような緩慢さでカメレオンのように動いた。わしは、わしの血によって、効果的な呼吸法、見張りの不安、地平線を廃棄にする凝視を知っていた。仲間もわしも（この有名な「砂漠のサソリたち」――わしらのことだが――については、慎み深く陽気だったイタリア人の友人ウーゴ・プラートが、彼の絵本の幾つかですっかり有名にしてくれたという話だ）、直観で、地殻の脈動を覗い、砂漠の胎内を探り、砂という書物を解読し、嵐を予告することができた。足枷をはめ、歩みを重くし、飛躍を拘束するものからは解き放たれていた。わしらの間の最も才能に恵まれた者たちは、日々のあぶく銭のような言葉を警戒しつつ、大地の最も深遠な唄、その内部から突然に現れる唄、緩やかに過ぎ行く唄、無限にまで広がって行く唄を言葉にする力を持っていた。幾度となく訪ねられ、住まわれ、問い質された、馴染みの世界への入口。この世の初めから、ギスティール――わしが生まれた、三つの国（ジブチ、ソマリア、エチオピア）の国境がせめぎあう地方――で働くわしら、つまりわしと仲間たちは、そのメロディを奏でるのに、メロディが生まれるとすぐに、夜明けの黄緑色の光から砂漠の寒い夜が切り離される時刻にそれを捕えるのに、公の身分証明書など必要なかった。ＧＮＡ（独立遊牧民部隊《グループマン・ノマド・オートノム》）と呼ばれたわしら国境警備軍のメンバーの誰にも本物の出生証明書はなく、生年月日はすべて「……年頃」だった。それは、遊牧民の時間がどの暦にも従わず、いかなる記録文書にも煩わされることはなく、フランス第三共和政の山羊ひげたちによって求められた行政書類にも署名していないということだ。みんな、わしの時代の「……年頃」に生まれており、わしらにこの微妙な表現を押しつけるためにはフランス植民地行政の介入が必要だった。もちろん、わしらの幸福を思ってのことだったが。わしらは交渉しようとせずにそれに同意した。それはわしらの強みであり、誇りだ。というのも、わしらは占領者に生の内面の考えを明らかにしないように心掛けていたからだ、物事がまずいことになると、サインをしたりあるいは指をパチッと鳴らして、すぐにずらかったものだ。白さ、不服従の太陽で白く熱された鉄棒がわしらのものだった――わしらの手のとどく範囲にある唯一の地平線。椰子の木陰にまで出て来ている老人たち、わしらが道端で出会うあの老人たちだが、彼らを外見だけで判断してはならない、彼らがひとたびからだを動かし始めると、まったくすさまじいペースを維持するのだ。砂丘の深みの中へ、あるいはエルグのざらざらの表面に向けて、顔に風をうけて、一歩一歩、彼らが旅立つと、もはや誰もそれを止められない。それに、恐ろしい形相を見せるあの季節の間じゅう、わしらはその季節を遊牧の内陸地域ですごしていた。カムシン〔エジプトから紅海にかけて四月から六月に吹く砂混じりの熱風〕からモンスーンまで、ヴィシー体制によって断固として統治されていたこの領土を飢えと渇きの中に突き落としたチャーチル指揮下のイギリス軍の軍事封鎖の時のような、幾つかの例外的な時期でも、わしらは沿岸部と後背地の間を行き来していた。この軍事封鎖の間、いまでもなおその記憶は刺青のようにはっきりと彫られているのだが、住民は苦い草の根や猫のブイヨンを食べた。ちょっと脱線したが、行政が決して馴致し得なかったわしらの老いた歩き手たちの話に戻ろう。もちろんだ、わしらは彼らのドラムの音よりも速く歩いたし、疲れ知らずだった——隊商を付け狙う追い剥ぎのやつらも、そのことは多少なりとも知っていただろう。そうだ、こんなことがあった。わしらは、アベ湖——ウーゴが小さなスパイラル・ノートに、「この硫酸銅の色をした湖」と書き留めた場所だが——での見張りの任務からの帰りに、首都の科学者たちを大いに驚かす化石を幾つか発見した。わしらは、豪雨のあとでは湖の周りの地面が柔らかくなり、泥の塩水の中に、八千年前から完全な状態で保存されていた動物たち（小さなワニ類、鳥類、魚類あるいはイボイノシシ類）が顔を出しているのに前から気づいていた。首都の古生物学者や地質学者たちからは感謝の言葉は一言もなかった。一つの化石は一冊の開かれた書物だ、わしは呟く。あの親愛なるウーゴが、半ば開かれた書物について、わしらにどう語っていたか？　ああ、そうとも、彼はよくタゴールを引き合いに出した（わずかな光の下でも、あるいは夜の闇の中でさえ、生物と無生物を見分ける能力があるわしらの羊飼いと同じくらいに賢い男、と彼が言っていたインド人だ）。

「一冊の開かれた書物は一つの語る頭脳だ。閉じられると待ちつづける友になり、忘れられると許す情になり、破られると涙を流す心になる」――「書物」を「大地」に置き換えてみよう、そうすれば、人間がアダムからではなくあのルーシー〔近年、エチオピアで発掘された三二〇万年前の女性の骨格の化石の通称。アウストラロピテクスやヒトの祖先とされている〕から生まれたこの地方が秘める魔術的な魅力について、ちょっとしたヒントを得ることができるだろう。このオアシスの風景はいつもわしらに、アハガールのがりがりの隠者であり、ウーゴが賛美してやまないもうひとりの男シャルル・ド・フーコー〔フランスのカトリック神父、探検家、地理学者。一八五八―一九一六〕も評価するに違いない、長い瞑想に耽る時間を与えてくれる。この地方の太陽はけばけばしいプルポアン〔中世から一七世紀頃にかけて着用されていたウエスト丈の男性用胴衣〕であり、月は水銀である。そのサボテンはとても優雅な光に包まれているので、お前はそれがブルーの血で満たされているのかと思うだろう。夜明けの空のパステルカラーは、普通の人間を感覚のスポンジに変えてしまう何かを持つ。これらの魔法のような魅力のすべてが、わしらの物語作家たち、すなわち、この、身体の沈黙を恐れる世論のバロメーターたちの口の中で動き出す。彼らは、自然と人類の間に隠された神秘を魅力的な言語で説明したくてうずうずしている。ここには起爆装置の管が解かれて広がっており、お前は岩石の間にその跡をたどることができるだろう。この魔法の魅力が創造の鼻先を刺激し、ひたすら古い武器（武器でもある石、言葉、息づかい、火花にまで擦り合わされる火打石――ほんの一瞬、ごつごつした洞穴に置かれた裸の手、わしらの遠い曽祖父たちの手を思い浮かべてみよう）しか使わずに、過去の反芻によって死に瀕している未来を新たな展望のもとに置き直す。その魅力はわしらの太陽の下で苦しんでいる、それらはわしらの月のもとで死ぬ、創造行為が極めて早急に必要であることを知りながら。それらには場所はない。それらは時を告げる。それらは運命を告げる。

29　バシール・ビン・ラディン

試合は、こんどこそ本当に終わりだ。大統領が了承し、内戦は終わった。スカッド1、スカッド2、スカッド3も承諾した。痩せ細った小グループ（スカッド4）だけが、パリに隠れてるスポークスマンと一緒になって、ゴーダの山中に留まっているけど。我々にとってみれば、万事休すだ。サトウキビのようにおいしい戦争は終わりだ。終止符（ピリオド）——これがビン・ラディンの言葉だ。司令官たちは、全部おいていけ、すぐ出発しろ、と言った。あの間抜けどもは、それがバスでオデオン座に空手映画を観に行くように簡単なことだと思ってる。まあ、我々は生意気なことは何も言わなかった。みんながすぐに、すぐに旅立った。この試合は〇対〇で終わった。引き分けということで、オーケーだろう。ただ言っておくが、死者がゼロじゃないんだ。死んだやつはたくさんいる。が、まあ、それは実際にはおれにはあまり関係ない。我々はみんな、軍の装備一式を持ち帰った、それに、ここかしこでものにした幾つかの思い出も。我々は、ア＝ゼイラのキャンプまでは軍用トラックに、そこからアリ＝サビエまでは別の警察のトラックに乗った。で、そこからジブチまではボロ汽車の屋根に乗った。こうやってタダで旅した。手持無沙汰を解消するってことで、おれたちは一般の客からカートを奪い取り、「アイム・バッド」(これはアメリカ英語だろう、マイケル・ジャクソンが大きなチューインガムを噛んでる感じで歌ってるんだから)なんて歌ってた。みんな、楽しんでた。が、大きな問題、それは特にそのあとだ。駅でみんな、またなと言って別れた。市内には、もうおれには家がない、要するに家族がいない。ほかの者は、自分の家に戻った——ハイサマはアンゲラに、ワリアは第五地区に、アヤンレはバルバラに、等々、帰って行った。だから、みんな、いなくなってしまった。まあ、そりゃ、大したことじゃない。やつらは言ってた——明日、動員解除のカネを要求しよう、司令部の前で落ち合おう、オーケー? そのあと、アイディッドとおれは気が狂ったみたいだった。我々はよく考えもせずシエスタ・ビーチに行った、フランスのホモ軍人が男の子を探す場所だ。まあ、いいや、おれたちは子供じゃないし、ホモでもない、それに言っておくが、武器も持ってる。我々は、面白がって、あの戦争のなじみの話をした。すごく煙草を吸った、そして、カネを稼ぐためのスマートで素敵な仕事について考えた。考えすぎて気が狂いそうだった。アイディッドは、ロヤダで密輸をやりたがってた(そこはソマリランドとの国境だ。ソマリランドについては、恐らくお前はまだ知らないだろうけど、大したことじゃない、そこはおれほど、つまりビン・ラディンほどは知られてない、それだけのことだ)。おれはアイディッドに、ストップと言った。そんなことに動員解除のカネをつぎ込んじゃ、そりゃ、あまりにもばかばかしい。おれは、たっぷりと浮かれた生活をして、それから、一文も払わないでガッツの入るような仕事を探そう、と言った。アイディッドは、まったく賛成、賛成だ。でも、やつはまだおれの秘密を知らないんじゃないかな？　やつは言った——どうやって、おれたち、ガッツの入る仕事を見つけるんだ？　で、おれはおれの司令官のように振舞って、大声で叫んだ——まず一服しよう、それからおれが策を与える。おれは多少なりともうんぜり（アソウェ）、じゃない、ゴメン、うんざり（アソメ）〔〈assommer〉はフランス語。「うんざりさせる」の意〕していた。ハハハハ、「アソウェ」って、おれはばかだな、「アソウエ」って言ってしまった、これはおれの昔の名前だ、いまではビン・ラディンなんて、とんでもないボスの名前を名乗ってるけどな。注意しないといけないのは、戦略上の誤り（フォ・パ・フェール・エル・ストラテジック）を犯してはならない（これは、本物の軍事フランス語だ）と言うことだ、たとえアイディッドが仲間だとしても、だろう？生き残りのテクニックを使わなくちゃ、明日か明後日になれば、ガッツの入る仕事が何か、解るさ。アイディッドは不審に思ってはいなかった。おれも手の内すべてを晒したわけじゃない。ビン・ラディン、やつはそんなにばかじゃない？　はずだ。

30　アブド＝ジュリアン

一八九二年秋。パリのある公園で、仏領ギアナのカリーナ族のアメリカ・インディアンたちが丸裸のまま、また順化動物園では、民族衣装を着たぼくらの祖父たちがソマリア人というその遺伝学上の名称が書かれた掘立小屋の下に集められて、見世物にされていた。「西部鉄道に乗車、ポルト・ド・マイヨ駅で下車」──フランスとナバラ〔スペイン北東部の地方〕のすべての新聞に、このアトラクションを知らせる広告がのせられていた。こうした忌まわしい記憶も、ワン・クリックで取りだすことができる。インターネットよ、ありがとう。かつて、ぼくの祖父の祖父を東西南北に開かれた動物園の檻に入れていた共和国、その共和国のために、ぼくの祖父が国境監視を担う兵士として奉仕したということを考えてもみてくれないか。それらすべてについて、ぼくの立場は？　それについて考えるために、ぼくはこの過去に、つねにピンク・パンサーの色合いを持っているとは限らないこの植民地の記憶に、密接に結び付けられている。そういうわけで、ぼくには、この共通の記憶を否認したり、同時に、みずからの態度をがらりと変えて、母方の血筋とぼくの肌──それほど白くはないけれども──を否認してみたりといったようなことが起こる。ぼくの存在のすべてを抑圧し、同時に、みずからを抑圧から解放し、触れまわる――「ぼくを混血(メティス)、と呼ばないでくれ。〈メティス〉は、オリンピアの神々の中の王、ゼウスの最初の妻だった。彼女はひどい死に方をした」。しかし、そのこともまた、ここの人々は知らない。それで？　それで、他言無用だ。

31　アリス

からだが発育して膨らんで、心臓が磯波のようにドキンドキンと打つ、これ以上に自然なことがあるだろうか？　私は手で皺の寄ったシーツを押し退け、襲いかかる不安を踵で踏み潰す。彼のからだの温かさを探すが、虚しい。彼の香水が部屋に漂っているのを感じる、口にはなお彼の汗の味が残っている。感覚をつかさどる器官のすべてで彼と共鳴し、肌は彼との接触でおのずから燃え上がる。私は彼の両腕の中で愛にくるまる。彼の息遣いを記憶にとどめ、唇を開くことなく、「私は何て幸せなんだろう！」と繰り返す。突然、私は心の眼で世界を見始める。それぞれの瞬間が永遠であり、私は隠しきれない喜びで輝く。私の頭は彼の下腹に乗り、その下腹は彼の安らかな呼吸で上がったり下がったりする。私の乳房の二つの先端は、彼の脛骨によって気持ち良く押されている。私は片手で彼の黒檀のような毛の軽いムースを撫でる、彼の眼の黒蜜を覗うようにしながら。もう片方の手では、強烈なスパイスのように濡れて火照る私自身の性器を撫でる。息遣いを延ばして、この甘美な瞬間を引き延ばそうとする。だが、金属的な音が聞こえてくる。それは外からやって来る、恐らく通りから。

いずれにしても私には、彼がこの時間、地下室に追いやられた大勢の軽犯罪者たちの尿、酒飲みたちのゲロ、痛めつけられた哀れな者たちの血によって悪臭を放つ警察本部の小部屋にいるのだということを、うまく想像することができない。それはすべて、平和と、殉教者マフムード・ハルビ〔前出。一九頁の割注参照〕の公式の再評価を求める忌まわしい請願書のせいだった。私は彼の不在のあとを追いながら時を過ごす。私は完全に気が狂いそうだ、それは明々白々だ。私の記憶の闇の中では、誰もドアをノックしには来ない。私は冷たいベッドを撫でている。いや、彼は私の前にいる。彼は浴室から出て来る、いつものように控えめだ。彼は眼差しを下げる。ブリーフが彼にはきつく、私は瞳を凝らして彼の勃起をそれとなく見抜く。感覚が私をあざむいて、妄想を抱かせているのだろう。いや、彼はそこにいる、私の前に、眼を恥らいで曇らせて。彼は、長く一緒にすごして来たのに、私の安心し切った慎みのなさにまだ驚いている。どうして彼は右腕で彼の男らしいものを隠そうとするのか？　彼は私の傍らに滑り込む。毛のないふくらはぎが腰にぶつかる。私は息をする。彼の性器には私の腐食土の中に容赦なく道を捜し出してほしいと願う。どこでだったろう、ハイエナの雌は勃起するペニスを一つ、それに偽睾丸さえ持っているということを読んだことがある。雌の方が雄よりも大きく、また雄を支配しているのだから、雌がより強いとされている方の性の生殖器官を持っているのは当然ではないだろうか？　おや？　私はベッドで、まつ毛よりも細い毛を一本見つけた、黒かった。彼のものに違いない、これが、いまとなっては、私を彼に結び付ける唯一のものだ。私は暑い、同時に寒い。私はほかの場所にいたいと思う、いずれにしても、ここからは遠く離れたところに。彼と愛の一夜を過ごす。

最後の夜を？　私はブルターニュの浜辺にいる自分を思い出す、私は一四歳。サン＝リュネール海岸だった。私は水着をつけた少女たちのグループの中にいる。花盛りの乙女たち、芽吹く乳房、それぞれの腋の下には汗の染み。人間のからだの優美さそのもの。男たちの視線は好色で、私たちは頻りに冗談を言いあいながら、怖さを紛らわせていた。午後の三時か四時だったろうか。一陣の微風、怒りの一言、一条の太陽光線、そして私たちの肌を走り、身を竦ませる一つの震え。私たちの水着とブラジャーが、視線に対して、震える手で測られる準備のできた熟れた果実をうまく隠している。危険が近付く、盛りの年頃の二人の男のシルエットがあった。ちょっとしためまいの感覚。彼らはなお近寄る、話しながら。突然、私たちは立ち上がり、砂浜にいる親たちの方に駆けていった。

32　アブド＝ジュリアン

アテネ通りとクレマンソー大通り（この市の商業地区では、ほかの地区も同じだが、大部分の通りがベルン、ローマ、パリあるいはベルリンといったヨーロッパの都市の通りの名前をもっている。驚くべきことは、歴代の大統領の誰もそれらを変えなかったことだ。その上、人々の口から耳へと伝えられているうちに、カフェ通り、インド人の散髪屋通り、安物屋通り、等々と呼ばれるようになった、名もない通りの凡庸な呼称については誰もしたがわない）の交差点にある「アブドゥの店」というカフェは、至るところで交わされている気の抜けた話題とは違う特級の噂が飛び交う特別な会合場所だ。カフェは主として、アーケードの下に歩道に沿って置かれた一連のプラスチックの白い椅子からなり、そのアーケードの四本の柱だけは新しいペイント（下部がキャンディピンクで、上部はスカイブルー）が施されている。客は、時間、共通点、習慣に応じて、好みのままに寄り集まる。そして、かなり甘いミルクティを、たまにはデュラレックスの縦長のグラスで適当なコーヒーを飲む。その雰囲気には、未完の香りが宙ぶらりに漂う感じ、本来の市の夢がもっとあとに延期されているような何か一時的な感じがある。かつての映画館のような娯楽はもはやない。町の南にあった最大の映画館ル・パリは、何年か前に、勧誘に熱心でまた厳格なある宗教団体の本部になっていた。非常にカリスマ的なシャイフのアルタウィと手厳しい補佐役が、そこで休みなく説教をしている。非常に幸せなことに、夕方になると、小さな売店が野外で活気づく。これ以上にシンプルなものはない、街灯の下の幾つかのがたがたのテーブル、それに大勢の人々が、ドミノの勝負をしている人たちの周りに集まっている。よりきまじめな意図をもって小役人が客として市の動向を探りにアブドゥの店にやって来るし、私服の警官それにあらゆる種類の密告者たちが、サバの大群の中の一匹のシュモクザメよりも簡単に、そこに潜り込む。パパはもはやそこに足を踏み入れない、恐らくそれには、あの請願の件が一枚も二枚もかんでいるのだろう。最近、ここでの噂はもっぱら、新たな皆殺しの天使、歩行者たちのハートを虜にしている男、ウサーマ・ビン・ラディン自身の周りを巡っていた。官憲は、この大ひげ男の功績と必然的な勝利を賛美するスローガンや落書きの氾濫を非常に気にかけているようだ——巨大な「ウサーマ、万歳!」のスローガンが、この三日ほど前から、国立高校の入口の壁にでかでかと書かれている。彼の肖像付きのTシャツが、ランボー広場にあるいはメネリック広場に堂々と現れて来ている。市の諸々の壁に似たようなスローガンが、首都の戦略的な場所の至るところにウサーマへの共感を示す騒々しい言葉が掲げられている。フランスの、より最近ではアメリカおよびドイツの軍人たちが必ず、こうして台無しにされた壁の目録を作成し、写真に撮り、壁の原子の一つ一つに至るまで厳しく検証し、それからそれをさらにくわしく調査するためにワシントンかベルリンに送るのだろう。まさに、アメリカ海兵隊の大隊とドイツ連邦軍の兵士たちが、この巧みに逃げを打つ洞窟人間を探索しているのだ。このハイエナは、干上がったワジの河床から、庇護してくれているサボテンの腹から、出て来るだろうか？　彼の名前が喚起されるとすぐに、それは大量の噂と怯えた素振りにのみこまれてしまう。ニューヨークの新聞・雑誌のある論説委員たちは、ペンタゴンの役人を信用して、隣接するソマリアの荒野に彼がひそんでいると指摘し、原住民たちをひとりならず刺激している、普通は物静かで、それほど敏感というわけでもない原住民たちを。この前の大統領選挙、つまり複数政党制の始まりの時に、ぼくは朝早くパパについて行った。投票所の前にはすでにたくさんの人がいた。私服の警官たち、小型の黒い車の中の警備のエージェントたちを二列に並ばせ、通常は小学校として使われている投票所の中にの制服のエージェントが有権者たちを二列に並ばせ、通常は小学校として使われている投票所の中に入らせていた。雰囲気にはピリピリしたものがあった、というのはこの地区では、マガラ〔前出。四二頁の割注参照〕のすべての地区と同じく、率直に言って、野党が優勢だということが周知の事実だったからだ。密告者たちが、いつもなら生徒たちの遊びと笑いに溢れているはずの噴水の近くを、校庭を行ったり来たりしていた。ぼくらが投票所の敷居をまたいだ時、数名の警官が、ギュと睨みつけた。ほかの警官たちは、片手には新たにスタンプを押されたカードを、もう一方の手には一枚の千フラン紙幣、すなわち苦いピルのあとのさじ一杯の蜂蜜を握る高齢の婦人たちに付き添っていた。

33　アワレ

生涯を通じてずっとわしらを取り巻いている数多くのジン〔前出。一三三頁の割注参照〕、わしらの感情や衝動の細部まで監視している無数の皺で顔をしかめた数々のダイモン、最初の過ちでわしらを不名誉の深みに突き落とすトロール〔北欧伝説で森や山、地下に住む悪い妖精〕などといったものについて、どう言ったらいいのだろう？　可視なものに影響を及ぼすこれらすべての不可視の存在について、どう言ったらいいのだろう？　わしらにとんでもない罠を仕掛け、わしらの些細な弱み、わしらの一時的な無分別に付け込み、わしらに月光に染まる恋人たちのからだといった絵空事の数々を約束し、至るところを漁り、言葉に表し難いものを表し得るものにするのは何なのかを探すあのニンフたちについて、どう考えたらいいのだろう？　わしら自身の闇の底に冬眠する霊を目覚めさせずにおくには、どうしたらいいのだろう？　人間は、運命の糸の上を引っ張られる気まぐれですぐ息切れするぐうたらだ。彼は大判の人生を夢想するが、それは可能ではない。彼はそこにいる、はなはだしい不安を抱き、日々の努力の中で刃こぼれし、安易な沈黙に安住しながら。最悪のことが、さらに起こるだろう。もし幸せがこの世にあるとすれば、それはミルクの泉のような形をしているだろう、と古代人は考えていた。神は母親のようなもので、立ち上がろうとする雛鳥に、地位のない難民に、栄養失調の者に、孤児に、要するに生が道の端に見捨てたすべてのものに授乳するだろう。わしは神のことを思う時、じきに何ものにもとらわれずに、心静かに祈り始める。法悦の中で眼を閉じ、極めて神聖な大預言者の九十九の名前を唱え始める。わしがからだと心の平安を取り戻すのは、こういう風にしてなのだ。

明日はどうなるのか？　誰もあえてそれを言いはしない。ファトマ〔北アフリカの女性一般のこと〕の開かれた掌には何の兆しもなく、手にも前触れとなる図柄はまったくない。取りかかるすべての事柄について、みんなはいつも、初めはこれは一生ものだと思い、それから、「そうじゃない、ぜんぜん違う」という明白な事実を承認しなくてはならなくなる。そこで、みんな、憶測に没頭する。子供たちは母親の乳を、乳房から直接与えられる乳を再び飲めるだろうか？　あの忌まわしい、アロエの汁のように白い、Ｐｎｕｄ（国連開発計画）、Ｐａｍ（世界食糧計画）、ＵＮＨＣＲ（国連難民高等弁務官事務所）、あるいはそのほかの慈善を目的とする調剤所によって提供される粉ミルク、わしらが「難民のミルク」――というのは、このミルクはわしらの独立元年にやって来たものだからであり、またこの地方のことをあまり知らない外国の解説者によれば、アフリカの角の宿怨の敵であるソマリアとエチオピア、この両国のあいだの戦争によってエチオピアあるいはソマリアから追われたわしらの親戚がここにやって来たのと同じ時期にやって来たものだからだ――と呼ぶ粉ミルクではないものを飲めるだろうか？　確かにこれは、常に望み得ないものだとは限らないだろう。実際、二種類の子供がいる。通常のあるいは正規の輸入のミルクで育てられるニド〔ネスレによって製造・販売されているパウダーミルクの銘柄のひとつ〕の子供たち。そして、そのほかの子供たちだ、これはもっと数が多く、常に難民の息子や娘とは限らない、というのは、この国の五分の三はあの奇跡のミルクで生き延びているのだし、人道主義的な餌に依存して暮らしているのだから。それに、二種類の父親がいる。何時までも長々と噛まれる紫がかった茎、いまではヴァンクーヴァーにまで輸出されているこのカートの習慣に耽る者たち。そして、そのほかの者たちだ、彼らはこの贅沢を楽しみたいと思ってはいるがカネがない。枝に付く昆虫の群れのようにカートに依存しつづけている者たちは一万ワットのラジオ・マブラーズ〔〈mabraze〉はみんなが集まってカートを齧る部屋のこと〕に接続されていて、そこでは噂がブンブンと唸っている。それで？　それで、何も。ない、ない、ない、ない。ママンたちは、神聖なロザリオの玉を巻いて座り、雌ラクダの乳房から出る温かい乳が懐かしいといった唄を幾つか歌い、小麦粉の、粉ミルクの、砂糖の、マカロニ小麦の、マルセイユ石鹸の袋、それにオイルの缶を運んで来るトラックに敬意を表しつつ、以前の時代と国の伝説を紡ぐ。トラックとその運転手は、かつては、もっぱら好戦的な情熱に酔いしれる遊牧民の英雄の、短剣をうまく操るベドウィンのものだった地位を与えられている。一部の女たちは、車列（コンボイ）が出発するたびに、慈悲深い神が彼らをいつ戻してくれるのだろうと思いながら、涙顔を見せる。できるだけ早く帰って来るのが何より、弱々しい顔つきで希望を安売りする女たちが立ったままで呻くように言う。徳高きシャイフのアブデルカデル・ジラニの厚情により、明日はイン・シャー・アッラー・ムバラック〔「なるようになる」、「神様次第」の意〕だ、と座っている者たちが付け加える。視線の慌ただしい動きが空に昇って行く。寝そべっている者たちは何も言わない。これらのトラックは明確に世界の救い主だ。それらは、背後にケロシンとほこりの混ざった雲のようなものを残して、縦列で去って行く。プラスチックの袋が、亀裂が走っている専用道路に沿って、独楽のようにクルクルと回っている。酷暑の一日に着終えられたワイシャツの襟のように汚れてくすんだ無味乾燥な空が、ほこりの渦巻きの間で輝き続ける。飢餓の三二個の歯が音もなく軋む。決して出て来るはずのない木々の新芽が、葉叢を、強い根を、繁殖する根茎を、綿毛のような若枝を、木イチゴとの絡まりを、黒ひげで赤銅色の肌の細根を、脆く激情的でまた圧倒的な胚芽を夢想する。明日はどうなるのか？　幸運、わしらは運を待つ、待っているんだと言おう、運を、天の賜物を、天佑を、要するに僥倖（バラカ）を！　ある者たちはアカシアの木陰でなけなしの希望を食む。子供たちは一粒また一粒と、まさにトラックが駐車していた場所で、ほんの一握りのトウモロコシと米を集める。彼らの片脚は生に、片脚は虚空の中にある。こういう状況にもかかわらず、これが、政府機関紙が控え目に言うところの、「強制移住者のためのキャンプ」に変えられたア＝ゼイラの村の、この季節の最も美しい一日なのだ。残りの時間、彼らはマットの上に伸びたままだ、かくも弱くまた無力に、胎児のように縮こまり、その乾いた大きな眼で地平線をじっと見詰めたまま。彼らはその視線で何を見て取ろうというのだろう？　その生気のない瞳は禿山から禿山へとさ迷う。道から立ち昇るのは砂漠の蜃気楼ばかりだ、もはや遊牧民の誇りは過去の出来事なのだ。「我々は決して腹が視線を導くような生活は甘受しないだろう」、かつてみんなは誓って言っていた。神が彼らの眼を閉ざし、彼らに義人の眠りを眠らせて下さいますように！　小さな昆虫を飲み込む大きなハエや雷に打たれたかのように四散するアリが、彼らに殺到する。死のドラゴンのギザギザの顎がひ弱な同僚を噛み砕く。一匹か二匹の猫が、半白の肌のがりがりに痩せた骸骨、メフィストフェレスの口ひげよりももっと長く固い体毛で歩哨に立つ、孤独な心情で。彼らもまたニャオと鳴きたがらない、人間のものであれ動物のものであれ、ほかのものの物音を好まない。彼らが世界の平和を見出すのは、アカシアかイチジクのわずかな木陰の沈黙の中にである。ほかの日々にあらゆる点で似た日々を生じさせるために、時間が時間に付け加わる。こうして、衝突も衝撃もなく、砂漠を前にして三六〇度開かれた生の冒険譚が繰り広げられる。微笑みの軽さは、生きるという辛い仕事の苦味を、その義務と苦しみを、その濃厚で複雑な感情を、火花にまで擦り合わされるその火打石を、背景に押しやったりはしないだろう。死語と言われる言語のように、儚いものはひとりでに消えてなくなった。予言することは異端であり、明日は荘厳な主の意志によって完全に覆われている。子供たちが遊戯の中で、警官や泥棒が最大限の真剣さで演じられるべき役割であり立場にすぎないのだということを知りながら遊びに興じるのと同じくらいに真剣に、わしらもわしらの人生を生きなければならない。それに微笑まなくては。臨終においてさえも、よだれは控えるべし、いまでもなお通用している諺がわしらをそう戒めている。

34　バシール・ビン・ラディン

アイディッドとおれは一分たりとも離れなかった。我々はもはや互いの協力者以外ではなかった、同じボール、同じゴールの仲間だ。アイディッドは、お前が結婚する時には、プレゼントとして、いいAK－47を見つけて来てやる、と言った。きっとだ、武器は山ほどある、やつはこういう風に、膝を地面につけて約束した。やつの眼は、腹一杯食べた時のおれの眼のようにギラギラと輝いていた。海に塩を撒いた神に誓って、お前はおれを信じなくてはならない、とアイディッドは付け加えた、解った、苛立つことはない、おれはお前を信じる、とおれは言った。いま、生活はきつい、恥ずかしすぎるほどだ。我々は三部リーグに落ちたようなものだ、もはや軍服はないし、通行人をパニックするカラシもないし、飲み込む飯もないんだからな。これからはうまく、うまく折り合いをつけなくちゃ。じゃあ、エチオピア娘のバーに行こう、あそこにはフランスの軍人がビールを飲んだり、娘（ナヤ）の尻に触ったりしに来る。我々はみんなに挨拶する。それからフランスの兵隊さんのところに行って、耳もとで囁く。それから、フランスの軍の車の前で、気をつけの姿勢をしておく。で、その兵隊さんが寝るかほかのバーへ行くかするために出て来た時に、小銭を貰う。やつらが払わないなら、言っておくが、タイヤの空気が抜けて危ないことになるかもな。この仕事は、まあ、特に週末だ、フランス人やドイツ人（こいつらは、まだ要領がよく解ってない新入りだ）の兵隊は毎晩出て来るとは限らないからな。いや、やつらは、湾岸戦争、イラク戦争、ソマリア戦争のせいで、それにテロのせいで、すごく怖がってる。テロリストはモラルにもビジネスにもよくない、これもムーサが言ってた。ムーサは、いつも旅するようになる前はタクシーの運転手だったんだ。ということで、我々は週末は何とかうまく切り抜けられる。というのも、政府にカネがないからだ。役人はもう一四カ月も給料を待ってるんだ。いまは深刻な経済不況だ、解るか。カネを要求しても、相手からはいつも同じ返事しか返ってこない、歳を取りすぎたオウムみたいに――、明日を待とう、アッラーの思し召しがあれば（イン・シャー・アッラー）、海に塩を撒いた神は我々、彼の子供たちのことを忘れないだろう。で、おれは逆上する。司令官のふりをして叫ぶ――糞ったれ、すぐにカネをだしやがれ。で、その時だ、アイディッドが、レアル・マドリードのウイングのロベルト・カルロスのように素早く、うしろからやって来て、相手の面（つら）にバズーカ砲を浴びせる。弾をあまり使いすぎちゃいけない、我々はもう戦闘服はないし、軍の飯も食ってないんだからな。相手の頭に棍棒の一撃で十分だ。そのあと、我々は、カネとあまりブスすぎない娘をピックアップする。あれを吸う、娘とやる、あれを吸う、娘とやる、こうして、「悪臭の海」（我々のような追い剥ぎ（シフタ）や、カポ、薬物中毒者、ひもといった乱暴なごろつきどもばかりの地区のことだ）に日が昇るまで。毎朝、この海は、インドの雌牛（これについては、おれはアル・ヒラル座で上映されてたインド映画でよく知ってる）のような、大きな遺体を撒き散らしてる。まあ、いいや、おれの知ったことじゃない。が、その死者はいつも乱暴なごろつきとは限らないんだ。スーツとネクタイの立派な旦那、つまり教師、医者、組合活動家、などさえいる。秘密警察は、自殺に見せかけて、いっぱい、いっぱい、殺す、それから、遺体を我々の地区に捨てる。こうして、ジブチ市は言うんだ、ごろつきは全員、殺すか、牢にぶちこむ必要がある、クーデタをしくじったあの阿呆将軍同様に、とね。人生ってこんなもんだろう、ある日、我々はカネを集めてる、ある日、我々は命を失くしてる。二時間泣いて、それから大急ぎでいなくなる赤ん坊さえいる（彼らはシャフェク〔前出。一一三頁の割注参照〕だ、別の言い方をすれば、彼らはママンの腹の中に再び帰ったということだ）。ママンは汚れた洗濯物の塊のように残されて、いっぱい、いっぱい、泣く。人生ってこんなもんだ。

　昨日、我々は、「悪臭の海」の浜辺にテントを張った、実際、そのテントはちょっと汚い、でも、アイディッドやおれと一緒にあれを吸うブスじゃない娘たちは、そこがすごく気に入ってる。それに、ほかのごろつきやシフタだけど、やつらは我々がまだ、我々のところにビールを飲みに来る「涙なき法執行者」（これが彼の綽名だ）のジャナレのように、怖いものもなければ容赦もない軍人だということを理解してる。ジャナレ、彼はいつも笑ってる、というのは、ポケットにピンクの錠剤を大量に所持してるからだ（エキセドリン、メラトニン、ヴァリウム、ヴァイコディン……、ラベルから言うと、そうなる）。ジャナレは実際、とても凶暴だ。彼が売らなかったものはすべて彼のものだ。人生ってこんなもんだ。ある者たちは笑い、ある者たちは赤ん坊を亡くしたママンたちのように嘆く。別の者たちはカートが切れたカート齧りのように、神経をぴりぴりさせる。

35　アリス

妻が夫とうまく行かない時、あるいは無視された時、彼女は父の家に帰る、そしてやがて、お土産を抱えた彼女の家族を含む一団に付き添われて戻って来る。だがその前に、夫は妻の父の家に招待され、説教され、その必要があれば、正道に連れ戻される。一匹の雄羊が生贄として殺され、めごとは家族の宴の中で薄められる。何らかの理由で、妻が何日かのうちに連れ戻されないとしたら、彼女は離縁したものと見なされる。要するに、物事は、家族の威光というものがその家畜たちの莫大さよりもその隣人の数で算定されていた時代から、こういう風に進行していた。同様に、みな、氏族の内部では結婚せず、同じ部族集団の別の氏族と結ばれた。いまでは、これらすべてが堕落しつつある、と私の義父は呟く。このことはまさに、彼が相変わらず私が喜んで会いたいと思う、親戚中の唯ひとりの人間だということを示している。彼は、私に個人的に言うべきことが何もない時には、国の慣例と風習について教える。それが、ひとの役に立とうとする、あるいは雰囲気をほぐそうとする彼独特のやり方なのだ。可愛いアリス、お前は、お前のところの旅行者や研究者たちが無学な者として描き出すわしらのベドウィンがどんなに賢いか、想像できないだろう。一匹のラクダの子が死ぬようなことになると、その子はすぐに藁でできた替え玉に取り替えられるんだ、このことを想像してごらん、雌のラクダに引き続き休みなく乳を出させるためにね。同じようなやり方が、子牛を亡くした雌の牛にも使われていたんだ。替え玉は死んだラクダの子の皮に藁を詰めて作られる、それは五カ月後には捨てられる、つまり一回の授乳期間だ。工夫をするものだ？　しかし、というのも、人間の営みの中にはいつも「しかし」があるものだからな、替え玉はヤギやヒツジには効果がなかった。私は、彼がこれらのすでに忘却の中に酢付けにされた精彩を欠く事柄のみを私に教えに来ているわけではない、と感じる。彼は私の周りをうろつく。私は、彼がそのちょっとした戯れに興ずるのを邪魔しない。と、一日のこの時間には非常に断片的で慎ましい言葉しか発しない彼が、私が打ち明け話をする親友に変わる。彼は、打ち明け話の口調で言われる言葉の方が、高く強く叫ばれるそれよりもインパクトがあるということを知っている。私は彼に助け船を出す、あなたは私にあなたの名前、「アワレ」の意味を教えてくれませんでしたね。ああ、それは、「運の良い者」、もっと正確には、「彼は生き延びる」という意味だ。伝染病の大流行の時期に、それから飢饉の時期に、みんな、新生児の行く末を祓うために、この名前を付けたんだ。知ってるだろ、アリス、神のおかげにより、お前の六カ月の息子にしてわしの孫である彼は、知っての通り、運命の、つまりミラージュの夜に、世界中のイスラム教徒たちの言い方で言えば、アル・レイラル・ミラージュに生まれた。で、それはなにを意味するの――運命？　私は口ごもり、平静を装った。このことについて、お前の夫は何も言わなかったのか？　彼のことだ、驚くほどのことでもない、彼はあまりにもヨーロッパナイズされすぎている、わしには、息子がわしという親からどんなに隔たっているか、解っている。時代が違えば生活習慣も違う。幸いにもわしがここにいて、霊の世界と現世との糸を、可視の世界と不可視の世界との糸を結び付けているということだ、アリス。ミラージュ、それは、天使ジブリルの案内で翼のついた駿馬ブラックに跨り、天上のエルサレムの霊の世界に至るわが預言者モハメッド——彼の名が永遠に称えられんことを！——、その彼の昇天の夜だ。その預言者——彼の名がわしらのような些細な生き物たちのすべてによって称えられんことを！——の乗る動物は、大腿に翼をつけ、光速に達するためにその翼で脚を前にかく馬として、年代記作者たちによって描き出されてきた。私の赤ん坊はどうなるの？　私は涙を堪えながら言った。幸せ以外には何も。母親たちは誰もが、運命の夜に子供を生めるようにと願う。お前の赤ん坊は恵まれている、三倍も恵まれている。わしらは運がいいんだ。それに、初産でもうこんなに素晴らしい子供を生んだんだ、でかしたぞ、わが娘よ！　私は彼に、私の赤ん坊はこの国の独立と同じ年に生まれ、同じ年月をすごしてきたのよ、と言いたかった（独立、それはとりわけユートピアの力だ——夢見られそして実践された戦いのすべて、そしてそれらの破局的な未来）、しかし彼はすでに私に背を向けていた。彼はやって来た時と同じように去った、密かに。

36　バシール・ビン・ラディン

政府にまだカネがない。で、おれは、明日、ガッツが入る仕事をやる。おれはすぐにアイディッドを起こした、やつは、ジャナレの錠剤のせいで、あまりにもとろくなっていた。我々はアメリカ大使館の前に立った。そこには、キリスト降誕学校の前まで、歩道に布が敷かれていて、間抜けが一杯いた。我々は、みんなに脚蹴りや拳骨を食らわせて、柵からまっすぐ二メートルのところに陣取った。が、間抜けが相変わらずそこにいて、ママンの腹の中にいるかのような大いびきをかいてる輩がいた。もう墓の匂いのするやつもいる。脚で蹴る、さあ、さあ、おれたちは仕事で来てるんだ。真面目なふりをするために、我々は空のファイルや紙バサミを持って行った。もちろん、抑止力（ディシュアジオン）（これは正しい軍事用語だ）として、イエメンの短刀、カッターナイフなどのちょっとした武器も持って行った。あとで、おれたちは煙草を吸った、箱にラクダのマークが付いた本物の、本物のキャメルだ。おれたちはラクダのマークがついてるから、キャメルが好きだ、ラクダは遊牧民の家畜だからな。太陽があまりにも熱くなり出した頃、ひとが一杯、バスやタクシーでやって来るのが見えた、素寒貧たちは歩いて来る。首や腕に香りの良い香水をシュッ、シュッとたんまり付けたはくい娘さえいた。この香水は遠く、遠くフランス領事館から匂って来るんだ、アイディッドが言った。忘れちゃいけない、明日の、本当にガッツの入る仕事、それはフランス領事館の前の仕事だ。ある日はカウボーイの大使館、ある日は青白赤の領事館。こういう風にすれば、誰にも文句はなかろう。それに、青白赤の領事館は、ベルギー、オランダ、スウェーデン、などへのヴィザも出してくれる。非常によくできてると思うよ、おれの考えてることは。これがおれの秘密だったのさ、解るかな？　このズル野郎。こういう風にすれば、みんなは我々を探せない、やつらはどこに行った、あのとんでもないごろつきは、って言いもしないだろう？　だから、ある日はこちら、ある日はあちら。金曜日は休息、ここでは週末だ、どこもしまってるからな。ほら、二人の客が、ＲＴＤ（この国のラジオ・テレビ放送局のことだ、お前はもう忘れたんじゃないか？）の広告のようなフレッシュな顔で、歯磨きみたいに笑いながら、こっちにやって来た。二人の客は、一方が千フラン、もう一方も千フラン払う。彼らとは、用心はするけれども、何も面倒は起きない。いずれにしても、彼らは非常に満足だ。彼らは、あの列の中でセンターフォワードに陣取った、そして、ニューヨークあるいはワシントンへのヴィザがすぐに手に入ると思ってる。おれの仕事は、そりゃ上等なもんだ、一つには、何といっても、仕事として簡単だ、弱いやつらを押す、長い列の中でセンターフォワードに立つ、それからその場所をすぐにカネを払ってくれる客に譲り渡す、二つには、客が一杯いる、みんな、この糞のような国を離れたがってるからな。みんな、叫んでる――おれはパリに弟がいるんだ、おれはアメリカに叔父さんがいる、おれはオーストいま、ラリアで働きたい、おれはカナダに亡命した家族がいる。ヴィザ、為替、証明書、領事館……一〇時一〇分、きょうの仕事は終わり。でも、別に、ほかのどこかでカネをかせぐことが禁止されてるわけじゃない。無心できそうなフランスやドイツの兵隊さんたちが街にいるかどうか、行ってみるかな。ヴィザ、為替、証明書、領事館、ラララ……ヴィザ、為替、ラララ……

37　アブド＝ジュリアン

大統領、その第二代にあたるエル・ハジ・アブドゥルワイッド・エゲ閣下は、アフリカ統一機構、フランス語圏評議会および国連から派遣された外国人選挙監視察員たちの言うことを信じれば、かなり民主的に選出された。八名の経験豊かな選挙監視員が投票を見守り、閣下は正当な票の六〇パーセント以上を獲得した。野党第一党の党首は、二六パーセント近くの票を集めた。分裂した野党の他の二党が、世論の眼から見れば名ばかりの党だったが、残りの票を分け合った。この一件は二つか三つの溜息で片付いてしまい、閣下はすぐにフランスから、ペルシャ湾岸の複数の君主国から、そしてついには残りの国際社会から祝福された。国際社会の代表者のすべては、平和が戻って来たことを、国連開発計画や諸々のNGOの協力によって、一六〇〇〇名ほどの兵士の動員を解除し、民間生活に戻すことに成功したことを祝福した。幸運にも大した流血もなく収まったクーデタの明らかな失敗については、言うまでもない。あちらこちらで幾つかの抗議はあった。が、選挙監視員たちの良識――そのなかの数名の者たちが、大したことをしたわけでもないのに、それを見せつけていた――を不安に陥れるほどのものはなかった。要するにあらかじめ結果を予測し得る大統領選より以上に、民衆に悪影響を及ぼすもの——それは、源泉徴収され、給料の四分の一にもなり、おまけに内戦状態が終結したあとも続く「愛国税」である。

38　アリス

私は、私自身に触れ、イバラの茂みを、湿った少しべっとりとした肉のピンクを、闇に混ざる光をそっと軽く愛撫する。私は芍薬そのものだ。眼に見えないうずきがそこに、すぐ傍らにあり、密かに私のからだを熱くする。私は、彼が私のすぐ側にいるのを感じる。彼がまだ警察本部から脱け出せずにいるとしても、彼を感じる。かつてないほどに感じる。私は、わずかに開き、湿った、真珠のような層の、星々に微笑みかける絹糸の渦の中に、二つの指を滑り込ませる。私には彼が背後に立っているのが見える、そのからだを私のからだに密着させて、そのからだが欲望と記憶の間の狭い道を切り開き、その両手が私の乳房の重さを計っているのが。私は、溜息をつき、満腹した雌猫のように喉を鳴らす。彼は私を裏返し、乳房を吸う。私はぐらぐら揺れる。耐えなくては、そして深く息をしなくては、欲求も苛立ちもない内なるささやかな声が私に言う。彼は私を抱いて持ち上げ、ヒップを支えながらそっとベッドの上に置く。私は彼の腕の中で気が遠くなる、彼の唇が私の背筋を駆ける。彼はまさに、私の肉の最も奥深いところにまで彼の膨満したしたものを押し込もうとしている。深奥からわき起こる唄が大地から昇り、空を満たす。彼のこめかみ、頸静脈、胸、前腕で、彼の血が脈打ち、また打ち返す。彼は、私を体重のすべてで押しつぶし、膝を置き直し、それを開いてそこに彼の胴体を重ねようと、いや、重ねようとではなく、打ち込もうと、二つの脚を並行にあるいはそれらを締め付けさえしながら上から下、上から下へと動こうとする、その腕はいまでは陰になった私の腋の下に滑り込み、その長方形の背中は、私にぴったりくっついたその胸に息が出入りするにつれて縮みまた膨らむ。私は湿りが破裂するまでに高じるのを感じる。

39 バシール・ビン・ラディン

おれは死んだ、ほとんど死ぬところだった。お前はたわごとだと思うだろう、だからおれ、ビン・ラディンはお前にすべてを話そう。動員解除のカネ、それは我々の手にはまったく入らなかった。その件がふいになるだろうということは解ってた。政府は、何も払うつもりはない、金庫には一フランもない、と言った。我々は、それが嘘だと解っていたから、司令部をゆっくり、ゆっくり攻めた、怖がらせるためだ、要するに、カネを集めるためだ。大統領は軽く考えてはいなかったし、参謀本部もそうだった。やつらは、シェイク＝オスマンの軍駐屯地に、ナガッドの軍事訓練センターにさえ、直接、戦車を探しに行った。そして、警告もなく、バン、バン、バンだ、やつらはみんなに向けて撃った。この前と同じだ、脚のない、腕のない、それにカネもない動員解除兵たちに向けてだ。大勢の人間が即死した、おれのアイディッド（安らかに眠ってくれ、死者の魂に平安を（アッラー・ハラーム）、いつか仇を、とおれは誓う）のような動員解除兵ばかりじゃない。年取った民間人たち、身体障害者たち、退職者たち、通りで煙草を売ってた老婆たち、みんなが砲撃された。〈死の市（まち）〉作戦だ。もうひとりの阿呆がしくじったクーデタよりもひどかった。誓って言うが、おれ、「恐怖のビン・ラディン」でさえ、あんなすごい恐怖にあうと、からだがひとりでに動いてしまう。多くはなかったが、生きてる者はみな、四方八方に走った。おれがどうやって大使館地区にやって来たのか、覚えていない。まあ、怯えてるやつらに出会って、そいつらに付いて行った、それだけだ。こんどだけは万事休すだ、おれは呟いた、おれのささやかな人生の終わりだ、そういうことだ、誰だっていつか死ぬ権利はある、いや、ビン・ラディンだって、それがどうだって言うんだ？　そう呟いたのは、大使館前に何千人という警官を見た時だ。それから先のことは覚えてないんだが、気がつくと、おれはほかの四人の男たちとともにフランス領事館の中にいた。おれは昏睡状態になったんじゃないかと思う、言っておくが長い昏睡じゃない、何分かあるいは何時間かのちょっとした気絶だ、ゴールキーパーが頭をゴールポストに当ててノックアウトされ、それで担架、交代となる時のような、ちょっとした脳震盪だ。というわけで、おれはちょっとした脳震盪を起こした、この頭に何かを受けた。ちょっとした脳震盪、とはいっても、かなり危ない。まあ、そういうことで、おれはフランス大使の前に、あのかつて青白赤の花柄のシャツを着ていた大きな男――お前はお忘れかな？――の前にいた。大使は、きょうは、白いシャツを着て、アイディッドの祝宴のために喉を掻き切られた羊の血のように赤いネクタイをしていた。痛い、痛い、頭がものすごく痛い。何か内側でワイヤーが一本、切れてしまったみたいだ。四人の男たちは大使と激しく言い争っていた。おれは彼らの大そう豪勢なフランス語がすべて解ったわけじゃない。ただ、ひとりの男がこう言っていた、麻薬中毒の警官でいっぱいの、この狂ったジブチの市から逃げ出すのはとても無理だ、等々。大使は答えた、そんな話は私には関係ない。それから彼は少し冷静になった。が、男の方はすべてをしゃべったわけではなかった。ついで、もうひとりの別の男が、フランスは自分を自分の息子ともども保護すべきだと言うと、知識人特有の差し方でおれの方を指差した。そう、麻薬中毒の警官たちと軍人たちに殺された自分の気立てのよい妻はフランス人だ、だから、直ちに調査が開始されなくてはならない、直ちに自分を息子ともどもフランスに送ってもらわなくては困る——そう言いながら、彼はおれを指差したのだ、この「恐怖のビン・ラディン」——かなり打撲はしていたが——の方を。だが、おれには口を開く力がない。見ているだけ、何も言わない。大使が彼に言った——解った、君の妻は確かにフランス人だ、しかし彼女は君と暮らしていながら、大使館に挨拶に来たことは一度もない、七月一四日のフランス革命記念日にさえも。彼女はあまりにリスクを負い過ぎた、私にはどうすることもできない、お解りでしょう。知識人らしき男は、無茶切れして、ゴールを狙う手のつけられないストライカーのように、植木鉢をパァーンと蹴った。外では弾丸と砲弾が鳴り、歌っているのが聞こえてきた。大使との話し合いは午後の間じゅうずっと続いた。そのあと、大使は黒犬の世話があるといって出て行った。四人の男たちは誰もがワールドカップの決勝で負けたイタリアのサポーターのようだった。ビン・ラディン、要するにおれは、軍用トラックのように頭が重い、見ているだけ、何も言わない。もうほとんど夜中だ。みんなはこうして庭で地べたに寝た、銘々が怯えた子犬のようにひとりずつコーナーに別れて。我々は、恐怖を払うための煙草の煙を除けば、何も飲み込まなかった。次の朝、大使が、別のシャツだが同じネクタイをして戻って来た。彼は、司令官のように、知識人らしき男をのぞいた、三人の男たちに言った――君たち、君たちは出て行ってほしい、私は官憲から確約を得た、君たちの安全は保証する。三人は立ち上がらなかった、彼らはあまりにもノックアウトされていた。そのあとが、我々の番だった。君と君の息子については、場合によっては、と彼は、この「場合によっては」を三度繰り返した、君たちには今夜の飛行機に乗ってもらうことになるかもしれない、私は緊急引き揚げ許可証にサインした、君たちはいったんパリに着いてから行政上の手続きを取ってほしい。長期滞在のヴィザではない、その点については期待しても無駄だと思う、これが私が君たちにできることのすべてだ。調査については、我々としては君たちの国が理性的になるのを待ちたい。彼はさよならも言わずに出て行った。

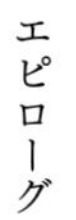

エピローグ

語りは辛し、沈黙もまた辛し。
——アイスキュロス

現在では、亡命はみんなに色目を使う——若い者があるいは老人が、家族全員があるいは地方の全体が、ポケットに希望を一杯に詰めて、彼らを駆り立てる不安とともに、路上に身を投げる。彼らは、垢と死骸を道連れに、風が彼らを押しやる場所に行く。彼らは、不運の迷路の中に迷い込む、ハリケーンが彼らを、土牢の中に、底を深く掘って作った独房の中に、試練の暗い井戸の中に、そして、フィンランド、アイスランド、アラスカといった彼らの昔の暮らしの中では決して聞かれることのなかった名前の国々の中にさえ放り投げる。彼らは、その多くがみずからの年齢を忘れ、幾度となく名前を変え、その体内時計が祖国を去った日に止まってしまった人々である。彼らの筋肉以前に、彼らの脳が逃走するのだ——申し訳程度の一時的避難所から闇の河川の闇室までをさまよいながら。国境、大洋、法律、警官はこうした、人間の波を阻止し得ない。そして、古く不安げなヨーロッパのスキンヘッドも、ネオナチの松明を掲げる者も、無国籍者保護施設への放火犯も、その波を拒み得ない。そうやって、ほら、逆境の同胞たちは、寒冷な気候に茫然とし、ヨーロッパという楽園に固有の行政的な煩雑さに動転しつつ、スイスにおけるような、植民地教育が決して触れることのなかった法的な細かな区別立てを見出して行く。彼らは、彼らのそれほど古くはない市街を去り、キリスト教的とは言い難い慈善、イエズス会派の気前よさ、プロテスタントの狡猾さ、それにヘルベティア〔ローマ時代のアルプス地方のことで、ほぼ現在のスイスに相当〕の抜け目のなさ——ストラスブールやブリュッセルで作られる手練手管のレース細工については言うまでもなく——の間に嵌め込まれる。我々のささやかな希望を破壊するものは何もない、我々の夢を横棒で消し去るようなものは何もない。避難所、それは青空だ、肥沃な地平線だ。頬をげっそりとこけさせ眼を充血させる飢えの終わりだ。骨の髄までの旱魃。聞きなさい、きみは安易な抒情に走り、ばかにしたような声で私に囁く。が、我々が痩せ細っているのは「振り」ではないということを理解するのに医者である必要はない。それは、キリギリスの臀部と腿をしたファッション・モデルの人工的な青白さとは、アウトドアの向こう見ずな輩の健康とは何のかかわりもない、漁師のほっそりとした体格、アルプスの頂きの砲兵のマホガニー色の日焼け、ツール・ド・フランスの山登り専門の選手の激しい空腹、サイクリング大好き人間のエネルギー、日曜日のプリドールたち〔レイモン・プリドールは、一九三六年生まれ、フランスの著名な自転車ロードレース競技選手〕の反り返った上半身とは、何のかかわりもない。ここに羅列した大風呂敷は、ロワッシー空港の背の低いテーブルと長椅子に置かれていた幾つかの新聞に誇らしげに書かれていることだ。

　我々に関しては、我々はみずからを、現在への不参加者として、以前のみずからの生活について多くの語るべきことを持ってはいるが喉の中の言葉の交通渋滞によって仏教の沙門以上に無口にされている者として、描き出す。我々は、蛇行を強いられる言葉の河の捕らわれ人だ——どの言語の中で信条の火を灯すべきなのか？　我々がきみに言うだろうことは、きっときみの眠気を、無為から自宅で太ろうとする欲求を取り除くはずだ。我々がきみに言うだろうことは、きみの良心と同じくきみの心に訴えるはずだ。いま、聾唖者として、我々は、もはや話すことのできない、あるいはそもそも話すすべを知らないほどの孤独にはまり込んだ、沈黙するミニチュア・サイズの我々の影を連れ歩いている。我々は、つまりは他者の砂漠に打ち上げられた砂の粒であり、いつまでもそうなのだ。我々に熱を上げる者はおらず、見渡す限り、歓待の印もない。我々は、小さな腰布を、子供の一画と親のそれとの間の仕切りにし、ゴザの上で眠るのだが、我々はもはやそのゴザさえ持っていない。我々は我々のうしろに、我々の物語を、我々のメロディを、我々の呪術を、そして我々の先祖を置き去りにした。我々を待つ危険はこうだ——もし我々が現在の中にのみ生きるとすれば、我々は現在の中に埋められかねない。

私は、アンブリ空港で一機の民間機に殺到したあの避難民の一団を長く忘れないだろう。バッタの大群のように、彼らは、タールマック〔滑走路に用いられるアスファルト系の凝固剤で舗装された駐機場〕の中央で群れをなし、それから彼らのひとりがどこからか出したサインに応じて、タラップの方に押し寄せた。ヒジャブ〔頭に被るベール〕を付けた娘、チャドル〔頭を覆う黒いベール〕を付けて強い香水の香りをあとに残す中年女、不釣り合いな服装をした少年、あまりにもタイトなワンピースによろよろする母親、整列と整列解除の混乱の中で途方に暮れる老人。適切な仕事をするはずの客室乗務員たちは完全にむだ骨を折っていた。彼女たちの断固とした身振りと完全に強制的な口調は、どうすることもできないという無力さの印である。新参者たちは、座るとすぐに立ち上がり、通路を塞ぎ、戻って来て座り、また立ち上がる。みんな、規則も措置もスイングで踊らせてしまい、場所を交換し、シートも変える。頭痛持ちの旦那はエアバスの反対側の隅に移される。みんな、見覚えがあるような気がする娘、遠い親戚、隣人に向けて、大声で呼びかける。大声で不満を口にし、周りの人間がいかに不快に思っているかを一瞬たりとも理解しない、彼らが入って来てから彼らに浴びせられている非難の眼にも気付かない。レユニオン島のサン＝ドゥニから搭乗したヨーロッパ人の乗客たちは座席の奥に身をかがめて、雷雨が過ぎるのを待つ。しかし、新参者たちは何も気付かない。彼らは、モンバサ〔ケニア、モンバサ島の都市〕から来た、モガディシオ〔ソマリアの首都〕を逃れて来た。彼らは、タミル人、スーダン人、アフガン人、クルド人、アルバニア人、ボスニア人でもあり得ただろう。彼らは、国連難民高等弁務官事務所（ＵＮＨＣＲ）が付与する番号と配給券とを持つ何百万という人間たちなのだ。彼らは、狭くなった世界を縦横に駆け巡り移動する民衆である。

　乳白色の腕でボロ着のオデュッセウスを抱き締めた美しいカリュプソ〔オギュギア島に住むニンフ。アトラスの娘。漂着したオデュッセウスを歓待し、八年間、この島にとどめた〕のような歓待を、誰が我々にしてくれるだろうか？　眼の瞼のような保護を、誰が我々に与えてくれるだろうか？　我々の希望は、どこかの〈難民・無国籍者保護センター〉——確かに、そう、みんなはそれをこういう風に呼んでいる——に腰を落ち着けることではないのか？　カネと引き換えに我々の渡航を助けようと申し出る者の同意を得て、あるいはそれがなくとも、でき得るなら家族とともにドーバー海峡のトンネルを通過し、イエスあるいはノー・サンキューなどとちんぷんかんぷんに話すことなしにイギリスに行き着くことではないのか？　エアポート・カウンターでちらっと見かけたこの国の最初のネイティヴがすでに悪意で眉をひそめていた。我々の最後の夢が溶解して行く。我々が彼らから受け取るのは、排他的な顔と、咎めるように鉤形に湾曲した人差し指でしかなかった。私は幾つかの特別な言葉がグループからグループへとトランジットし、口から口へと広まるのを聞く。イギリス、つまりほかの単語と同じ一つの単語、ほかの夢と同じ一つの夢、待望の桃源郷の遠い木霊が、口から口へと運ばれる。この言葉は、魔法の言葉、共通の運命になる見込みが十分にある。私はいま、ホールで出会ったアンゴラの知識人、ジァオが、大きな声で、ヨーロッパの諸大国の国歌のクレドとリフレインを声高に繰り返していたのを思い出す。彼は確かに、声が枯れるほど繰り返し、あらゆる方向に、区別し難い混ぜこぜのようなものを吐き出すように叫んでいた——「自由か死か……ドイツよ、ドイツよ、すべてのものの上にあれ……神よ、女王を守りたまへ……我々は神を信じる……強大で誇り高き真の北国……行こう、祖国の子らよ……」（Liberdado o morte... Deutschland Deutschland über alles... God save the Queen... In God we trust... True North strong and proud... Allonz'enfants de la patrieee...)。

　待つこと。なお何日か、何週間か。恐らくは何カ月か、と小さな声が付け加える、そしてその声は、私のささやかな亡命は、五千年以上も前のモーセと彼に随う者たちの紅海横断と比べたら何でもないじゃないか、とそれとなく指摘する。眠りにうるさくまとわりつかれながら、我々は、昨日と一昨日の出来事を何度もループ状に思い起こす——人間の記憶は、通常は衰え、忘却の淵に追いやられ、忘れ去られるものを蘇らせ得る、永遠の支えである。待つという更新されつづける謎を除いては何も明確にはならない、我々の存在は、一つ眼でありながら二重の性格を持つカレイドスコープである。私は、私の新たな条件が要求するように、壁を通り抜けるのに相応しく、波風を立てないようにしなくてはならない。憂鬱を克服して生き続け、虚しさをあざ笑うために、私は時おり、私に日記をつける習慣があったならばつけただろう仮想の旅日記——当然、頭のなかで考えただけのものだが——を読み直す。それは、角の折られたページだらけのノート、大人げないなぐり書き（私は、アブド＝ジュリアンが六歳の頃に描いた数枚のデッサンさえ鮮明に憶えている、それは記憶という本の栞のようなものだ）、月桂樹の葉、表紙に貼られたサボテンとアロエの花々、家族の写真、それに、いつだったか、タジュラの白砂の浜辺で拾った貝殻のような何の取り柄もないさまざまなオブジェで溢れたノートだ。私はこうした、不安定で、聞き取れもせず、眼にも見えず、すでに消え失せてしまった、何でもないようなものに愛着を感じる。場合によっては我々の証言を受け入れることになるはずの、ユーモアを解する心のない極北の地の人間たちをしばし忘れること。そしてなお読み続けること。挫けないこと、世界を前にして涙を流さないこと。いずれにしても、私の教養が私の涙の原因ではない。とりわけ男の——おまけに父親だった男のやることではない。涙を抑える、読む、読む、読む。絶えず読むこと、あらゆる機会をとらえて、あらゆる場所で。ほかの者たちが寝る前に羊の数を数えるように、読むこと。私は、警察本部の小部屋に閉じ込められた時のことを思い出す。私はまわりのすべての物音に神経を集中させた。すぐに、私は、叫び声を、殴打を、泣き声を、いびきを遠ざけた。耳で、遠くの、ほんの微かな物音を捕えようとした。そして、この奇跡的な「釣り」が、私を意気消沈から救ってくれた。私は、自分を鼓舞する唯一の方法を見出した――鳩の単調なクークーという鳴き声を聞くこと。酔っぱらいの話のように繰り返される彼らのしゃがれた唄が、規則正しく私のところにやって来て、私を私の条件から引き離してくれた。幸いにも、一羽の鳥が時々、まるで私の耳と心に新鮮な空気を吸わせようとでもするかのように、羽ばたいてはいなくなった。私が何週間も何カ月も耐え得たのは、こういう風にしてだった。私は私の新しい条件の初歩を学んだ――沈黙、策術、亡命。

話すのを、話しすぎるのを避けること、注意を惹くのを避けること、彼自身の無駄口によって、急流に運ばれる数多の石のように喉を転がる彼自身の言葉によって、窒息死してしまった哀れなアーメド・シェヘムのように。彼は、喉からではなく、もっと遠くから、もっと深いところから、中咽頭の深奥からやって来る声の持ち主だった。彼はまるで、腹の奥に据えられ、粘性の腸の中で絡まり、腸の樹枝の粘液の中に埋め込まれた、送信機を持っているかのようだった。何百年も何千年も沈黙させられてきたしわがれ声。彼の口から出る音、言葉、思想は、世界の果てからやって来た。それらは、太陽の亡命、人々が一日の終わりに感じる恐怖について語っていた。普通の人々の心を過ることはほとんどない夢想の寄せ集め。アーメド・シェヘムは、エゲ大統領の手下たちの最もひどい拷問を生き延びたあと、彼の夢の桃源郷の直前で死んだ。哀れな男！　彼の霊魂の御許にあらんことを。

死者の魂に平安を（アッラー・ハラーム）！

二つの沈黙の読書の間での一つの予想。なぜ、すべてがこうも早くつながってしまったのか？　あの敗北の最終段階を要約することは不可能だ。確かに、同時に太陽と霧に満たされた「昨日」が、私が些細な理由で否認したりはしないだろう「以前」があったし、そしてまさにここに、その漠とした歩みがカタツムリのそれにも似た「いま」がある。未来は厳密なものではない、未来は明日、解るだろう、アッラーの思し召し（インシャー・アッラー）があれば。待つこと、相変わらず。ここで、いまにも我々は、勤厳な諸都市の中に、その暗い並木道に、その灰色で攻撃的な冬に、その寒々とした廊下と粗末な明かりの灯る収容施設に、その不毛な沈黙にみちた留置場に投げ出されようとしている。いつまでも残る猫の尿の匂い。正真正銘の、精神と感情におけるビアフラ〔ナイジェリアの東部地方。一九六八年に独立を宣言したが、激しい内戦ののち、独立派は鎮圧された〕。ここでは、午後は非常に短い。日々が、襟のところまでボタンをかけて、厚いコートを着て行列しているかのようだ。だが、我々にはまだツキがある、我々の同胞のある者たちは、極北の地で、荒れ狂うブリザードと街灯からぶら下がる幟のような氷に捕われているのだから。

疲れ果て、我々は大洋を横断しようとする霧のようなものだった。我々の存在は、巨大なサイクロンの眼に吸い込まれて旋回し、何時までも、何時までもクルクルと回るのを止めなかった。我々は、骨が鳴るミシミシという音を、腸が立てるヒューという鋭い音を、心のエアポケットの鳴る音を、聞かずにすむように、耳に栓をした。噴火口が大きく口を開いて、突然、我々を飲み込んだ。これが我々に繰り返し現れる夢だ。

赤十字や民衆救済機関の諸収容センターを管理する職員は、我々とのどんな接触も避けている。彼らが、手にノズルのついたホースを持って、遠くから我々を洗うのを想像して戴きたい。あたかも我々が黴に冒され疥癬に覆われてでもいるかのように、彼らの顔は殺菌マスクで覆われ、我々に石鹸の小片を渡す手にはゴム手袋がはめられている。我々の間の最も無鉄砲な者たちは夜間に収容センターを歩いて出て、駅や港に隣接した使われていない建物に不法に入居する、すると、市町村が県に排除要請をすることになり、鉄道や港湾の周辺地域には金網と自動ドアをそなえた重苦しい監視装置が備え付けられることになる。そして、それらの地域を離れようとする車両は、熱・炭酸ガス検知器を持った警備員によってくまなく検査されることになるのだ。

我々は、ある夜（あるいは、真昼だったろうか？）、我々の内にこれほどに深く存在している国を去った、我々にまだ残っているもの、つまり我々自身の骨格を救うために。最初から、我々は墓の匂いを放っていた。生と死が同じるつぼの中で攪拌される国、衰退のきざしが転落へと移行し、からだが凍りつき、魂が石化する国。暖気と湿気、光と影、昼と夜という風に、そのリズムが二つのビート――それがいかに雄大なものであれ――しか持っていない国。着く早々に国外退去になったあるフランス人ジャーナリストの表現に倣えば、ほかの者と同じく、私は、「分を弁えないあらゆる要求を黙らせようとする体制による強制・強圧」の犠牲者だった。しかし、私は、世間の不穏な空気に直面しても、沈黙と忍耐以外の何も示してはいなかったのだが。要するに、その部族の系図を書き直すことが次第に緊急の課題となっている国、首都の大通りが下水に覆われ、太陽のポンプでも排出できないほどの耐え難い悪臭を放つ国なのだ。ここでは、すべての道路は県庁所在地に繋がっている。我々は、いま、同時に加害者であり犠牲者であり証人でもあるこの惑星のほかのすべての屑どもとともに、屈辱以外には何の見込みもないこの大地で、執行猶予の状態にある。出発しなくてはならない、戻り、建設するために、我々は廃墟の上にしか建設はできない。こうした一大事の断面図はこういう風に描かれなくてはならないだろう。

ロワッシー＝シャルル・ド・ゴール空港、朝の五時。ミルキー・グレーの空。数多くの出発と到着を、別離と邂逅を、現存と不在を見続けるディパーチャー・ホールの静寂。たくさんの難民たち、残酷と苦さの演劇。通路に静かな足音、絹かナイロンの擦れる音。大股で歩くキャビン・アテンダントたちのスパイクヒールのコッコッという音。ショートパンツの観光客たちのサバト〔スリッパの一種〕がだらだらと通り過ぎる傍らでは、フォーマルスーツで締まった顔のビジネスマンたちの質の良いイタリア製の靴底が、力強くしっかりとした足取りで滑らかに移動する。我々はと言えば、我々は、大量の旅行者たちの粘着質の波から逃れるために長椅子の奥に縮こまっている誰かなのだ。その長椅子はミッドナイト・ブルーだ。

さまざまな思いが私のこめかみにこびり付いて、断崖を打つ逆波のように頭蓋の壁を叩く。それらは大挙してあるいは断片となって流れでる。耳の中でなお鳴り響くそれらの思い――良心の太陽によって熟成された、つきまとって離れない思いの数々。それらがあの厄災のバリケードの存在を立証する。そこで私がなし得たただひとつの勇気ある行動とは、私の家族も国をもすべて殺してしまった獣のような人間たちの群れに手ひどく扱われていたひとりの哀れな男を救ったことだ。彼にとって幸運だったのは、彼が私のただひとりの大事な子供、その子供にとっさになり変わるだけの機転が利いたことだ。私の前には、また長く鬱陶しい一日が始まろうとしている。が、ほんのしばらくの間でいい、私はこの静寂と沈黙を味わっていたい。

訳者あとがき

本書は、ジブチの作家、アブドゥラマン・アリ・ワベリの、『バルバラ』につづく長篇第二作、『トランジット』（Abdourahman Ali Waberi, *Transit*, Gallimard, 2003）の全訳である。本書は、その史的背景を内戦時（一九九一―二〇〇一年）のジブチ共和国に取っている。

ジブチ共和国は、アフリカ北東部にあり、海域は紅海に面して、また内陸地域ではエリトリア、エチオピア、ソマリアと国境を接する共和制国家である。この国はかつて一九世紀後半から二〇世紀後半にかけてフランス領ソマリランドと呼ばれたフランスの植民地であり、その海外県の一つだった。一九六七年には独立かあるいはフランス領にとどまるかの住民投票が行われたが、元々ここにはソマリア系のイッサ族（作中ではワラル族）とエチオピア系のアファール族（同じく作中ではワダッグ族）の根深い対立があり、それゆえに住民は引き続きフランス領土としてとどまることを選択する（ただし、投票ののち、領土の名称はフランス領ソマリランドからフランス領アファールイッサへと変わる）。議会選挙ではアファール系が圧勝した。その後一〇年、一九七七年になるとこの地にもやっと独立の機運が熟し、ジブチ共和国となり、その初代大統領にはイッサ族のグレドが就任する。しかし、相変わらず部族対立は収まらず、遂に一九九一年に内戦が勃発した。この内戦は一九九九年にゲレが第二代大統領になってからも続き、二〇〇一年になってやっと終結を見た。一〇年越しの対立抗争だった。

＊

この作品は、ジブチの内戦に動員兵として参戦した経験を持つバシール、ジブチ出身でフランス内地で大学教育を終えた知識人で現政治体制に反対するハルビ、ハルビの学生時代の仲間でいまでは彼の妻であるフランス人女性のアリス、彼らの息子アブド＝ジュリアン、それに、ハルビの父でありアリスの義父でありアブド＝ジュリアンの祖父でもあるアワレ、というポスト・コロニアル世界を生きる五名の登場人物の語りで構成され、それぞれの章が正確にひとりの語りに割り当てられている。

まず、バシールについて、作者は彼に、内戦そしてその後を通して犯されたあらゆる否定的事象、つまり殺人、貧困、略奪、強姦、ドラッグ、子供兵士、体制・反体制を問わぬリーダーの腐敗と堕落、国際資本主義体制とりわけフランスの偽善的な審判、一般市民のデタラメ、等々を暴露させる。しかも、これらの史実は、規範的なフランス語を話す者によってではなく、小学校卒業程度の学歴しか持たずジブチの街中で得た現地の生のフランス語（一例をあげれば、「経験」という単語は規範的なフランス語では expérience であるが、バシールは espérience と言う。この種の独特のローカルな単語が妙な繰り返しともども頻出する――作者の言語的創意と独創性であろう）を話す者によって暴露されるがゆえに、どこかコミカルであり、また現体制への見事な風刺となっている。

アワレは、ジブチの古き良き時代、遊牧民生活の良き継承者として描かれている。彼は、遊牧民的価値の良質の部分を体現しており、遊牧民の植民地行政への抵抗を懐かしみ、植民地化と進歩がいにしえの文化的また部族的なアイデンティティの喪失を引き起こしたことを嘆く。彼は、「時代が違えば生活習慣も違う。幸いにもわしがここにいて、霊の世界と現世との糸を、可視の世界と不可視の世界との糸を結び付けているということだ」と言うが、その言葉は終章のハルビの、「我々は我々のうしろに、我々の物語を、我々のメロディを、我々の呪術を、そして我々の先祖を置き去りにした。我々を待つ危険はこうだ――もし我々が現在の中にのみ生きるとすれば、我々は現在の中に埋められかねない」という思いに繋がって行く。

残りのハルビ、アリス、アブド＝ジュリアンは、彼らの経歴からみて、作者の多文化主義、つまり各々の文化集団が対等な立場で扱われるべきだという理想を実践し、その過程で単一文化主義の悪弊への抵抗、寛容、混血、移動などの問題をそれぞれ取り扱っているように思われる。これらは単にジブチだけの問題ではなく、アフリカ、ヨーロッパ、ひいては世界を巻き込む普遍的な今日的課題であろう。

本書は、プロローグ、三九の各章、エピローグと続いて行く。プロローグは、ハルビとバシールがパリのシャルル・ド・ゴール空港に到着したところから始まる。彼らは悪夢のジブチを逃れ、フランスの難民・無国籍者保護センター（そこも決して安住の地ではないが）に向かおうとしている。エピローグは、ハルビがシャルル・ド・ゴール空港でバシールとしばらく離れて物思いに耽っている場面で終わる。その瞑想の時間が過ぎれば、彼はまた、バシールと落ち合うためにプロローグに戻って行くだろう。こうしてこの小説は円環形式を取り、エピローグがプロローグに戻り、終わりが振り出しに繋がり、永遠のループを繰り返す。時間はここでは直線的ではない。この小説がなぜ直線的進行ではなく円環形式を取らなくてはならなかったのかは、登場人物を通してすでに作中で述べられているので、ここでは触れない。

＊

著者のアブドゥラマン・アリ・ワベリは一九六五年にフランス領ソマリランドで生まれた。一九八五年に、フランスで勉学を続けるための奨学金を得て、渡仏。フランスに渡ってからしばらくはカーンとディジョンで研究生活と英語教師をする。作家生活は一九九四年刊行の短編集『影のない国』に始まる。これまでに、小説四編、短編集三編、詩集が一つ、そのほかに数多くの記事やエッセイが刊行されている（詳細は、ワベリ『バルバラ』（拙訳、水声社、二〇一四年刊）の「訳者あとがき」を参照）。ワベリは現在、フランス語圏作家の旗頭のひとりと見なされており、フランス作家のル・クレジオはみずからのノーベル文学賞受諾スピーチをワベリに献げている。なお、彼は、二〇一〇年より、アメリカのクレアモント・カレッジズの客員教授を勤めてもいる。

＊

なお、最後になったが、本書の訳出にさいして様々の適切な助言を戴いた水声社社主の鈴木宏氏、編集部の廣瀬覚氏に厚く御礼を申し上げたい。

二〇一八年　師走

訳者

著者／訳者について——

アブドゥラマン・アリ・ワベリ（Abdourahman A. Waberi）　一九六五年、ジブチ（当時はフランス領ソマリ海岸）の首都ジブチに生まれる。一九八五年、フランス政府の給費留学生として内地に赴き、カーンおよびディジョンで学ぶ。しばらく教職に就いた後、一九九四年、処女作『影のない国』（*Le pays sans ombre*, Le Serpent à Plumes, 1994）、一九九六年、『遊牧民手帳』（*Cahier nomade*, Le Serpent à Plumes, 1996）発表の頃から作家生活に入る。フランス語圏のポストコロニアル文学の旗手のひとりと評されている。その後の主な小説作品に、『バルバラ』（*Balbala*, Le Serpent à Plumes, 1997. 邦訳、水声社）、『涙の通り路』（*Passage des larmes*, éds. Jean-Claud Lattès, 2009. 邦訳、水声社）、『神の詩』（*La Divine Chanson*, éds. Zulma, 2015）などがある。

＊

林俊（はやしたかし）　一九五〇年、広島県三原市に生まれる。通訳、翻訳業。日本文芸家協会会員。著書に、『アンドレ・マルロオの「日本」』（中央公論社、一九九三）、『小松清　ヒューマニストの肖像』（共著、白亜書房、一九九九）、編著に、『藤尾龍四郎作品集』（ギャラリー毛利、一九九五）、訳書に、イエルーン・ブラウワーズ『うわずみの赤』（二〇〇一）、アブドゥラマン・アリ・ワベリ『バルバラ』（二〇一四）、『涙の通り路』（二〇一五、いずれも水声社）などがある。

Cet ouvrage a bénéficié du soutien des Programme d'aide à la publication de l'Institut français.

本書は、アンスティチュ・フランセ・パリ本部の出版助成プログラムの助成を受けています。

トランジット

二〇一九年二月一五日第一版第一刷印刷　二〇一九年二月二〇日第一版第一刷発行

著者――アブドゥラマン・アリ・ワベリ

訳者――林俊

装幀者――宗利淳一

発行者――鈴木宏

発行所――株式会社水声社

東京都文京区小石川二―七―五　郵便番号一一二―〇〇〇二

電話〇三―三八一八―六〇四〇　FAX〇三―三八一八―二四三七

［編集部］横浜市港北区新吉田東一―七七―一七　郵便番号二二三―〇〇五八

電話〇四五―七一七―五三五六　FAX〇四五―七一七―五三五七

郵便振替〇〇一八〇―四―六五四一〇〇

URL : http://www.suiseisha.net

印刷・製本――精興社

ISBN978-4-8010-0407-8

もどってきた鏡　アラン・ロブ＝グリエ　二八〇〇円
ステュディオ　フィリップ・ソレルス　二五〇〇円
パリの片隅を実況中継する試み　ジョルジュ・ペレック　一八〇〇円
傭兵隊長　ジョルジュ・ペレック　二五〇〇円
眠る男　ジョルジュ・ペレック　二二〇〇円
煙滅　ジョルジュ・ペレック　三二〇〇円
美術愛好家の陳列室　ジョルジュ・ペレック　一五〇〇円
人生使用法　ジョルジュ・ペレック　五〇〇〇円
家出の道筋　ジョルジュ・ペレック　二五〇〇円
Wあるいは子供の頃の思い出　ジョルジュ・ペレック　二八〇〇円
ぼくは思い出す　ジョルジュ・ペレック　二八〇〇円
秘められた生　パスカル・キニャール　四八〇〇円
骨の山　アントワーヌ・ヴォロディーヌ　二二〇〇円
1914　ジャン・エシュノーズ　二〇〇〇円
エクリプス　エリック・ファーユ　二五〇〇円
長崎　エリック・ファーユ　一八〇〇円
わたしは灯台守　エリック・ファーユ　二五〇〇円
家族手帳　パトリック・モディアノ　二五〇〇円
地平線　パトリック・モディアノ　一八〇〇円
あなたがこの辺りで迷わないように　パトリック・モディアノ　二〇〇〇円

『失われた時を求めて』殺人事件　アンヌ・ガレタ　二二〇〇円
デルフィーヌの友情　デルフィーヌ・ド・ヴィガン　二三〇〇円
赤外線　ナンシー・ヒューストン　二八〇〇円
草原讃歌　ナンシー・ヒューストン　二八〇〇円
モンテスキューの孤独　シャードルト・ジャヴァン　二八〇〇円
涙の通り路　アブドゥラマン・アリ・ワベリ　二五〇〇円
バルバラ　アブドゥラマン・アリ・ワベリ　二〇〇〇円
ハイチ女へのハレルヤ　ルネ・ドゥペストル　二八〇〇円
石蹴り遊び　フリオ・コルタサル　四〇〇〇円
モレルの発明　A・ビオイ＝カサーレス　一五〇〇円
テラ・ノストラ　カルロス・フエンテス　六〇〇〇円
古書収集家　グスタボ・ファベロン＝パトリアウ　二八〇〇円
リトル・ボーイ　マリーナ・ペレサグア　二五〇〇円
連邦区マドリード　J・J・アルマス・マルセロ　三五〇〇円
ポイント・オメガ　ドン・デリーロ　一八〇〇円
暮れなずむ女　ドリス・レッシング　二五〇〇円
生存者の回想　ドリス・レッシング　二二〇〇円
シカスタ　ドリス・レッシング　三八〇〇円
これは小説ではない　デイヴィッド・マークソン　二八〇〇円
ライオンの皮をまとって　マイケル・オンダーチェ　二八〇〇円
神の息に吹かれる羽根　シークリット・ヌーネス　二二〇〇円
ミッツ　シークリット・ヌーネス　一八〇〇円
メルラーナ街の混沌たる殺人事件　カルロ・エミーリオ・ガッダ　三五〇〇円
欠落ある写本　カマル・アブドゥッラ　三〇〇〇円

［価格税別］